MW00677730

1.ª edición: octubre 2008

© 1986, Juan Madrid
© Ediciones B, S. A., 2008
   para el sello Zeta Bolsillo
   Bailén, 84 - 08009 Barcelona (España)
   www.edicionesb.com

Printed in Spain
ISBN: 978-84-9872-102-7
Depósito legal: B. 32.946-2008

Impreso por LIBERDÚPLEX, S.L.U.
Ctra. BV 2249 Km 7,4 Polígono Torrentfondo
08791 - Sant Llorenç d'Hortons (Barcelona)

REGALO DE LA CASA

JUAN MADRID

Edición revisada por el autor

La vida es como la escalera de un galline-
ro, corta y llena de mierda.

(Conversación escuchada en el retrete
de caballeros de la Puerta del Sol)

1

Aquel día estaba yo sentado en un banco de la plaza del Dos de Mayo aprovechando el sol del comienzo del otoño, y ella se sentó a mi lado.

Era una muchacha delgada, con la boca carnosa y los pechos demasiado grandes. Apretaba entre sus brazos una carpeta azul de plástico.

Me observó un instante fijamente y sonrió. Le faltaban dos dientes.

—Te quiero —me dijo.

Giré el cuerpo a la izquierda y puse mis dos manos sobre la madera gastada del banco. El sol del mediodía le daba directamente sobre los ojos. Le brillaban.

—Te quiero —repitió—. Te quiero mucho. Te quiero a ti. Sí, a ti.

Miré hacia atrás. Una viejecita con un abrigo de lanilla morado le echaba migas de pan a las palomas. No se veía a nadie más. Un truco corriente consiste en que mientras una chica te entretiene con cualquier pretexto, alguien por detrás te coloca la navaja en el cuello y te quita la cartera y el reloj. Abrí y cerré las manos. Ella podría llevar una navaja. Confiaba en poder cogerla de la muñeca si la empuñaba. Peor sería si tuviera una pistola. Pero no parecía probable.

Los que tienen pistola no suelen *sirlar* a nadie que tome el sol, sentado en un banco. Pero podría ser.

—Se me ha terminado el tabaco y no tengo dinero suelto para que cojas el metro —le dije—. Y tampoco me gusta hablar.

—No quiero nada. Quiero quererte. Amarte. ¿Sabes lo que es amar?

Volví a mirar de reojo hacia atrás. La viejecita de las palomas las estaba llamando con apodos cariñosos. Un sujeto con un mono azul de trabajo que llevaba una bolsa con herramientas pasó y espantó a las palomas.

—Has llamado a otra puerta. Estoy *seco, carri, pelao*. ¿Lo entiendes?

Sonrió de nuevo. Adelantó el brazo y me apretó la mano. Empezó a acariciármela como si fuera un animalito recién nacido. La suya era cálida y suave.

—No te pido nada, ¿sabes? No quiero dinero. Quiero amor. Me gustaría abrazarte y... acariciarte. En el mundo no hay amor. Damos más cariño a los animales que a las personas. ¿No acariciamos a los perros? ¿No besamos a los niños? Todos deberíamos besarnos y amarnos. Unos con otros. Sin importarnos quiénes somos.

—¿Y vas amando así a la gente?

Asintió con fuerza.

—El mundo sería de otra manera si nos amásemos como nos enseñó Jesús. No como dicen los representantes de su Iglesia, sino amándonos de verdad, tocándonos los unos a los otros. ¿No acariciamos a los perros?

—Ya has dicho lo de los perros.

—Puedes poner la cabeza en mi pecho. Haré lo que tú quieras, de verdad. Si tienes alguna pena, cuéntamela. Yo te ayudaré. Si no tienes dónde comer ni dónde dormir, vente con nosotros a la Casa y allí tendrás amor, comida y techo.

—¿Estás haciendo propaganda de algún hotel un poco especial?

—¿Especial?

—Tú me entiendes.

Retiró la mano y se echó el pelo hacia atrás. Podría tener veinte años. Quizá menos.

—No, eres tú el que no me entiende. No te pido que me ames, sino que dejes que yo te ame. Yo me realizo amando.

—Escucha, muchacha, ¿desde cuándo te dedicas a esto?

—Desde hace tres meses. Y soy feliz, muy feliz. Para ser feliz hay que amar de verdad. Sin remilgos. Como nos pidió el buen Jesús.

—Está bien, pero yo no tengo ganas. Sólo estoy tomando un poco el sol. Pensaba que era gratis. Pero ahora veo que no.

La chica movió la cabeza como si apartara un mal pensamiento. Con un rictus de desagrado misionero en su boca, abrió la carpeta y me tendió en silencio un folleto impreso en papel rosa. Se llamaba «Yo te amo a ti». En la parte superior se veía un gran sol lanzando sus benéficos rayos sobre la frase «La Luz del Mundo».

—¿Qué es esto?

—Léelo, te hará bien. La Luz te iluminará a ti también. Cuando lo hayas leído a lo mejor dejarás que yo te quiera.

—¿Por qué no me haces un favor de verdad y te marchas? Eso sí que sería una prueba de amor infinito.

Se levantó y se alisó la falda. De pie parecía más niña aún.

—Disculpe —dijo con un hilo de voz—. Puede quedarse con nuestra revista. Y léala, por favor. Si quiere usted llamarme, ahí está el teléfono, es el de la Casa. Me llamo María, María Lozana. Pregunte por mí.

Miré de nuevo el folleto.

«El amor es la única sustancia viva del universo...», ponía. Se lo devolví.

—Dáselo a otro, María. A lo mejor le sirve más.

—No, quédeselo usted. Y perdone por haberlo molestado.

—No me has molestado. ¿Cuánto es? —le pregunté y me arrepentí de haberlo dicho.

—No tiene precio. Si no quiere pagarlo es gratis. Pero...

Saqué la última moneda de cien pesetas que me quedaba, la acaricié unos instantes y se la di. La cogió con rapidez.

—Tómate un cafelito.

—Gracias —dijo y se marchó.

La vi alejarse por la plaza con la carpeta apretada contra los pechos y los cabellos sueltos, agitados por la suave brisa. Se perdió por la calle Daoíz. Arrugué el folleto y lo tiré.

Me había quedado sin ganas de tomar el sol. Encendí un cigarrillo y me fui andando a mi casa. Era lo único que me quedaba que no costase dinero.

Recuerdo que aquello ocurrió a finales de septiembre, un día raro de sol. Después vino el mal tiempo a Madrid.

2

Hay historias que uno no sabe cuándo empiezan ni cuándo terminan, si es que terminan alguna vez. Esta historia podría comenzar un mes después de que el jefe de campo de una empresa de seguridad, llamada Transsegur, me dijo que estaba muy contento con la forma en que yo trabajaba, pero que me volvería a llamar en cuanto se produjera una vacante.

Durante tres meses había llevado un uniforme azul bien planchado y un revólver Llama de Gabilondo y Compañía del calibre 38 colgado al cinto. Formaba parte de la dotación de un furgón que recogía dinero de unas quince o dieciséis pequeñas empresas y lo transportaba a los bancos. Fue un trabajo que me dio para comer y pagar unas cuantas deudas antiguas.

Y ésa fue la razón por la que aquel día estaba aún en la cama cuando llamaron al timbre a las once y media de la mañana.

Vestido con la vieja bata de seda del *ring*, abrí la puerta.

Entró un hombre, con los cabellos castaños rizados, bien trajeado y sonriente y me abrazó con fuerza.

—¡Toni, viejo, cuánto tiempo sin verte! —exclamó.

Detrás pasó silenciosamente otro hombre que cerró

despacio la puerta. Éste era delgado, fibroso, vestido también con esa suerte de cuidada elegancia que otorga el ir siempre al mismo sastre. Aparentaba unos sesenta años y su rostro pálido irradiaba una luz mortecina como si se aplicara polvos de talco violeta, lo que le producía una expresión helada y calmosa.

El otro me tenía cogido por los hombros.

—¡Qué bien estás, viejo, qué alegría verte! ¡Déjame que te mire!

Su rostro sin arrugas, moreno y bien parecido se distendía con esa sonrisa lineal de los gatos caseros alimentados con pollo demasiado tiempo.

—Luisito Robles —dije.

—¡Toni! —volvió a exclamar y me abrazó de nuevo—. No has cambiado, viejo..., quizás un poco más gordo, ¿no? ¿No te cuidas, eh? Vamos, no te quedes ahí parado. ¿Podemos pasar?

—Ya estáis dentro.

Me soltó y observó el cuarto.

—¿Ésta es tu casa? No está mal. Un poco pequeña, pero encantadora. Me gusta, de verdad. Me gusta mucho. ¿Puedes invitarnos a café? Quiero decir, si no molestamos.

—No molestáis. Ya era hora de levantarme.

—Don Luis... —El otro hombre carraspeó—. No creo que podamos... Llegaremos tarde a la Junta.

Se volvió y lo miró como si se sorprendiera de que estuviera allí. El hombre no se había movido de la puerta.

—Me parece que no te he presentado, ¿no? —Negué con la cabeza y el otro me clavó sus ojos como piedras chupadas—. Delbó..., éste es mi amigo Antonio Carpintero. —Me palmeó la espalda—. Un buen chico. —Delbó inclinó ligeramente la cabeza y yo hice lo mismo—. ¡Ja, ja, ja! —Volvió a palmearme la espalda—. Ya lo creo que sí, nunca me he olvidado de ti.

—Don Luis, me permito recordarle que no podemos llegar tarde a la Junta de Accionistas. —Miró el reloj con un gesto rápido e inútil—. Empezará dentro de veinte minutos.

—Diez minutos, Delbó. Sólo diez minutos. Un cafelito de diez minutos, ¿eh?

—Lo tendrás en cuatro minutos.

—¿Has visto, Delbó? Anda, sé bueno y márchate... Dile a la vieja que llegaré enseguida, no voy a tardar mucho. Además, ya sabes que siempre se empieza un poquito más tarde.

El hombre llamado Delbó lo miró fijamente con sus ojos helados y asintió con un golpe de cabeza.

Se marchó sin despedirse y sin ruido.

De un solo golpe cerré la cama y la convertí en sofá. Luis se sentó lentamente y encendió un cigarrillo mientras canturreaba una vieja canción por lo bajo.

Yo me fui a la cocina y me puse a preparar el café.

—¿Quién es ese amigo tuyo? —le grité.

—¿Delbó? —Pareció pensarlo durante unos segundos. Luego dijo—: El jefe de Seguridad... Es muy competente..., muy cabeza cuadrada. Algunas veces se cree mi niñera. —Elevó la voz—. Cuánto tiempo sin vernos, ¿verdad?

—Más de treinta años —contesté también a voces.

—He pensado mucho en nosotros..., en aquel tiempo. Me gustaría que nos viésemos más... Tienes que venir a cenar a casa, tengo que presentarte a mi mujer. —Estaba vuelto en el sofá, mirándome y yo le hice un gesto de asentimiento desde la cocina—. ¿Cómo estás tú?

—Ya lo ves, más viejo y más gordo.

—Tienes un poco de barriga.

Me la palpé por encima de la bata. Creí que no se notaría.

El agua hirvió y la vertí en la cafetera. Preparé la bandeja, las tazas y el azucarero. Lo dejé todo sobre la mesita y me senté en el único sillón de la casa.

Bebimos el café en silencio.

—¿Sabes a quién he estado viendo últimamente? —dijo de pronto y soltó una carcajada—. A Paulino, ¿te acuerdas de él? No ha cambiado nada, está igual. Te aprecia, ¿sabes? Aún se acuerda de cuando lo libraste de aquel arresto.

—Paulino —dije yo—. Paulino...

—Sí, hombre... Piensa un poco.

—¿Le ha crecido el pelo?

Soltó una carcajada.

—Sabía que te acordarías de él. Y sigue igual, gastándose una millonada en tratamientos capilares. Deberíamos vernos más, Toni. Algunas veces vamos al Rudolf, ahí en la calle Pelayos... Mira, de ésta no pasa, tenemos que vernos.

Moví la mano y asentí en silencio. Se acabó el café y se hizo un silencio espeso como en el interior de una pecera.

—¿Tienes algo para beber? —dijo de pronto.

—Ginebra. ¿La quieres ahora?

—Sí, por favor. Es sólo un traguito.

Le traje la botella y un vaso limpio. Se la tomó sin hielo, de un trago. No le tembló el pulso. Incluso chascó la lengua.

—Muy rica.

—Otro día te diré cómo la consigo. Es mejor que la ginebra inglesa.

Se retrepó en el sofá. Era el mismo de siempre. Quizás había cambiado, pero para mejor. Cuando éramos jóvenes las chicas se volvían para verlo, incluso yendo de uniforme. Ahora parecía el reclamo de un instituto de belleza para hombres.

Estaba completamente relajado, la mirada perdida. De pronto comenzó a hablar:

—Me gustaría que pudieras conocer a mi hijo, Toni. Tiene ahora la edad que teníamos nosotros entonces, pero es diferente, ¿sabes?, quiero decir, diferente a..., bueno, a su familia. Está en California..., viajando y quiere ser pintor..., artista. No le interesa el dinero, esas cosas... —Sus ojos reflejaron una luz extraña, que muy bien podría ser una mezcla de esperanza y amor—. Es muy independiente, progresista, culto... Perdona, ¿te aburro?

—No.

—Lo siento, es que lo echo mucho de menos. Medio se fue de casa... Estaba asqueado, ¿comprendes? No le interesa el dinero.

—Sí, no le interesa el dinero. ¿Cuándo se marchó de casa?

—Hace tres meses —dijo, bajando el tono de voz.

—Los hijos suelen irse de casa, no hay por qué preocuparse.

—Claro, tú no te has casado, ¿verdad? ¿No has tenido hijos?

—No, que yo sepa.

Se echó a reír.

—Ya han pasado más de diez minutos —bromeé—. Te van a regañar.

Se levantó como impulsado por una catapulta. Miró el reloj.

—¡Dios! —exclamó—. Es verdad..., estoy tan bien aquí.

Se dirigió a la puerta y la abrió. Yo fui tras él.

—Tengo muchas cosas que contarte, Toni. Muchas cosas.

—Yo también, pero otro día. Recuerda la Junta.

—Una mierda a la Junta y al Consejo de Accionistas... Ponte en guardia.

Adelantó el pie izquierdo, se inclinó ligeramente y colocó las manos como yo le había enseñado. Comenzó a lanzarme los brazos a la cabeza y al hígado. Yo retrocedí, parando y blocándolo a duras penas. Se movía bien, balanceando las piernas, estilo Clay y le brillaban los ojos.

—Vamos, vamos... Cúbrete, cúbrete.

—Quieto Luis, quieto. —Retrocedí hasta el sofá—. No quiero hacerte daño.

Le amagué con la izquierda, me incliné como si fuera a lanzarle un gancho de izquierda a lo Perico Fernández y le sacudí un corto con la derecha no muy fuerte al plexo solar. Lanzó un bufido y cayó sentado al suelo.

—¡Oh, mierda! —Se tocó el pecho y comenzó a respirar ruidosamente con expresión de dolor en su bonita boca—. Me has hecho daño.

—Lo siento, Luis, pero no me gusta que me amaguen a la cara.

Se levantó de un ágil salto y se recompuso la ropa.

—Perdóname, por favor.

—No hay nada que perdonar, Luis.

—¿No te has enfadado conmigo?

—No, hombre, no.

—¿De verdad?

—De verdad.

Sonrió de oreja a oreja y otra vez me palmeó la espalda.

—Me alegro mucho de haberte visto. De ahora en adelante nos veremos más a menudo. Ya te he dicho que tengo que contarte muchas cosas. Te llamaré enseguida, ¿vale?

—Vale, pero apunta el teléfono.

Se lo di y lo anotó con un bolígrafo de oro en una agenda que parecía de cocodrilo virgen.

Antes de marcharse me volvió a palmear. Escuché cómo se perdían sus pasos escaleras abajo.

Cerré la puerta y paseé por la vacía habitación. Ahí estaban las tazas y las colillas. Un fantasma que había vuelto del tiempo de los veinte años.

Me palpé el estómago. ¿Estaba yo viejo y gordo?

Hice treinta flexiones antes de salir a la calle y acabé con los músculos abdominales agarrotados.

Cuando Luis y yo éramos amigos solía hacerme ochenta.

Días después, una noche, luces verdes parpadearon en los cristales de mis balcones. Me incorporé en la cama y me restregué los ojos con fuerza. No soy muy propenso a las alucinaciones ni a las visiones místicas, pero las lucecitas aparecían y desaparecían como si alguien me estuviese haciendo señales en un código secreto.

Abrí el balcón. En la azotea del edificio de la pastelería La Mallorquina, en la Puerta del Sol, estaban probando un nuevo anuncio luminoso. Habían construido ya el cerco verde de luces y el rostro de una mujer me sonreía a intervalos. La mujer parecía hermosa, de cabellos negros y cortos y de sonrisa grande y blanca. Llevaba algo en las manos, pero aún no habían colocado todas las luces. Cerré el balcón y la llamada verde se terminó.

Luis Robles nunca pudo contarme nada. No me llamó.

3

El ex comisario Draper había sido mi jefe en mis tiempos de policía y de vez en cuando solía encargarme algún trabajillo a destajo relacionado con el cobro de impagados. El negocio lo formaban él y su socio Durán, llamado *el Pato*, que llevaba más de diez años intentando licenciarse en Derecho, y una secretaria llamada Purita que terminó por casarse con el Pato. El negocio estaba en la calle Fuencarral, en un piso antiguo que había sido de una tía abuela.

Draper era atildado y tripón, de cabellos blancos peinados hacia atrás, al que nadie se le podía acercar mucho porque le olía el aliento a perro podrido. Dejó la policía siendo comisario jefe en la Comisaría de Centro, a causa de un turbio asunto con una chica de catorce años. Asunto que nunca se aclaró del todo.

Estaba sentado tras la mesa de imitación caoba de su despacho, jugueteando con un cortaplumas.

—El trabajo está ahora muy mal, Toni. Ya lo sabes. La gente prefiere perder lo que le deben a meterse en berenjenales. Vagancia intrínseca del pueblo español, lo llamaría yo. En este país faltan arrestos, Toni, falta iniciativa empresarial moderna y sin eso este país no puede progresar. ¿Quieres que te diga una cosa? Se está confundiendo libertad con libertinaje.

—Muy buena la conferencia, Draper —le dije yo—. No sabes cómo te agradezco que ilumines mi mente. ¿Tienes alguna chapuza para mí?

—¡Hombre! Algo siempre hay, pero no podré meterte en nómina, lo de los seguros sociales es un palo.

—No busco ninguna nómina. Busco trabajo, Draper.

—Claro, claro... Vamos a ver.

Revolvió unos papeles que tenía apilados sobre la mesa y tomó un paquete de letras. Las miró atentamente y luego me dijo:

—Esto lo podrías solucionar tú.

—¿De qué se trata?

—María Luisa Sánchez debe siete plazos de una cocina completa, modelo de lujo, línea Puerta de Hierro, que compró hace dos años a Establecimientos Eladio. Dice que su marido está en el paro, pero eso a Establecimientos Eladio se la trae floja. Y si no le importa a Establecimientos Eladio, tampoco le importa a Ejecutivas Draper. Lo malo es que la tía ésta se las sabe todas y no hay manera de cazarla. Gerardo lo ha intentado —suspiró— pero no lo puedo dedicar eternamente a este asunto. Él tiene... —titubeó— un temperamento más jurídico, por decirlo así, en cambio tú...

—¿Cuánto debe la señora?

—Doscientas mil.

—¿Tanto cuesta una cocina?

—¿En qué mundo vives, Toni? Por doscientos billetes sólo te puedes comprar una cocina de leña. A la interfecta le costó la cocina medio kilo, eso sí, incluida nevera con congelador, horno eléctrico, muebles completos, encimeras... Si vieras lo que le ha costado a mi hijo un horno microondas... —Suspiró largamente.

—Ese caso es distinto. Sin horno microondas no se puede vivir. Ahora dime cuánto me llevo yo.

—El diez por ciento, como siempre. Pero no bajes de cien, si no, no es rentable. Recuérdalo, menos de cien nada.

—De acuerdo.

—No te pago gastos.

—He dicho de acuerdo. ¿Dónde vive la señora?

—Ciudad de Los Ángeles, polígono G, calle Urrutia, 22, tercero F. ¿Qué truco vas a emplear?

—Ya lo pensaré por el camino. —Apunté la dirección en un papel—. ¿Puedes adelantarme mil pesetas?

Dudó durante unos instantes, pero abrió uno de los cajones de su mesa, sacó una cajita de lata y de ella extrajo un billete verde con la efigie de Echegaray en el dorso. Me lo entregó como si fuera un trozo de su cuerpo. A las mil pesetas añadió un paquete de letras ordenadas de la más antigua a la más reciente.

—Te tengo aprecio, Toni. Siempre te he tratado como a un hermano. Si Durán... Bueno, si Durán fuera de otra manera... Ahora con la democracia hay más trabajo. Pero ya ves...

—Sí, ya veo.

—El secreto de este negocio, y de cualquier otro, consiste en no pagar salarios. ¿Sabes lo que se come un salario? La seguridad social, las pagas, los días festivos... No puedes ni figurártelo.

—Me lo figuro, Draper. —Empecé a levantarme.

—Cuando soluciones esto, miraré si hay otra cosa por ahí. Seguro que hay, ya verás.

Iba a despedirme cuando la puerta del despacho se abrió de golpe y entró el Pato. Tenía alrededor de treinta años y era rubio y acicalado. Parecía un jamón navideño enfundado en la tela gris de su elegante traje. Su mofletuda cara estaba congestionada.

—Te están buscando, Toni —farfulló—. Se han sentado en el vestíbulo a esperarte.

—¿Pero quién? ¡Por el amor de Dios, quién! —exclamó Draper.

—¡La policía!

—¿La policía? —Miré al Pato—. ¿Estás seguro de que preguntan por mí?

—Sí, acaban de llegar. Les he dicho que tú no tienes nada que ver con la empresa. Te hemos advertido que no mezcles nunca a la empresa con tus cosas. —Se acaloró aún más y me señaló con su gordezuelo dedo—. Nosotros no tenemos nada que ver contigo.

—Cálmate, Pato —dijo Draper, sin dejar de observarme con inquietud—. Tranquilízate. Si fuera importante no se hubieran sentado a esperar. ¿Ha pasado algo, Toni?

—Nada que yo sepa. Ahora lo averiguaré.

—Algo habrás hecho —silabeó el Pato.

—¿Cómo han sabido que estabas aquí? —preguntó Draper.

Eso me pareció una buena pregunta.

—He salido de mi casa a las nueve, he desayunado en el café Barbieri. —No dije que allí me fiaban—. Es uno de los dos o tres bares a los que suelo ir y casi todos mis amigos lo saben. Es muy probable que le hayan preguntado al Vasco Recalde. Sabía que yo iba a venir aquí.

—El Vasco Recalde —murmuró Draper—, pensaba que estaba en la *trena*.

—Parece que le va bien en el bar, aunque cada dos por tres acostumbra a echar a los camareros. —Hice un gesto con la mano y me encaminé a la puerta. El Pato se sentó en uno de los sillones con las mandíbulas apretadas.

—Que no sea nada —dijo Draper—. Y perdona que no salga. Ya no es como antes, no tengo amigos en la policía.

—Mañana o pasado te traeré lo de las letras.

Salí al vestíbulo.

Hay tantas clases de policías como de jardineros, registradores de la propiedad o vendedores de lotería. Los que me aguardaban hojeando revistas atrasadas eran de la última hornada, no parecían policías.

Uno de ellos era alto, llevaba gafas y barba y aparentaba menos de treinta años. Vestía un jersey amarillo y pantalones vaqueros. El otro era un poquito más bajo y más fuerte y no llevaba ni barba ni gafas. Ni siquiera sus modales eran de policía.

El de gafas se puso en pie, mientras el otro me observaba con atención; tenía una revista en la mano.

—¿El señor Carpintero? —preguntó el chico de las gafas.

—Yo soy —respondí.

—Policía —dijo el que estaba sentado y arrojó la revista a la mesita y se puso en pie. Era verdaderamente fuerte, ancho de hombros, con la cintura lisa—. Acompáñenos, por favor.

—¿Adónde?

—Ya se enterará. Llevamos toda la mañana intentando localizarle. Tenemos prisa.

—Perfecto, me gusta colaborar con la policía. ¿Tendrían inconveniente en enseñarme las placas?

Me las enseñaron. Parecían buenas.

—Vámonos —ordenó el de las barbas, que abrió la puerta y salió al descansillo. El otro me cedió el paso y se situó detrás de mí. Eran muchachos muy bien adiestrados.

El automóvil era un 127 de color verde aparcado en doble fila. Los dos chicos se sentaron delante y a mí me dejaron todo el asiento de atrás. El de las barbas arrancó el motor y el otro conectó la radio.

—Omega dos, Omega dos —dijo—, avise al comisario que hemos localizado al señor Carpintero y que vamos hacia allá. Corto.

Cuando dejamos atrás la Dirección General de Seguridad, en la Puerta del Sol, me di cuenta de que no sabía adónde me llevaban.

—Si no es un secreto de Estado me gustaría saber adónde nos dirigimos —dije.

—El comisario Frutos quiere verle —contestó el de las barbas.

—¿Frutos? ¿Es el mismo que conozco?

—Parece que sí.

—Creí que se había jubilado.

—Ni pensarlo —dijo el mismo y noté un acento irónico—. Ésos nunca se jubilan. Ha pedido prórroga y ahora es comisario.

—Ajá —manifesté.

—A eso le llaman el cambio. Es la nueva política del Ministerio. Cuanto más viejos, mejor.

—El bueno de Frutos —comenté—. ¿Jefe de la Judicial?

—Eso mismo.

—Entonces la cosa debe de ser gorda. Los comisarios no suelen moverse de sus despachos.

El que conducía se volvió de golpe y me miró. Se habían acabado las bromas. A los policías no les gusta que nadie de fuera se meta en sus cosas. A eso se le llama espíritu de Cuerpo.

—Ha sido compañero, Vicente. Me lo ha dicho el comisario —le dijo el otro—. Lo echaron de la Comisaría de Centro.

—No me echaron. Pedí excedencia por tiempo indefinido.

Se volvió de nuevo y dijo sin sonreír:

—A lo mejor hizo bien. Si encontrara otro curro, me abriría.

—¿Y qué quiere Frutos? —pregunté, cambiando de tema.

—Se lo dirá él. Nosotros sólo tenemos que llevarlo.

4

El chalé era de tres plantas y estaba rodeado por una tapia de hierro forjado, donde se entremezclaban la hiedra y los abetos. En la puerta había dos Zetas de la Policía Nacional, una ambulancia, un furgón oscuro y cuatro automóviles, dos de ellos con la tapicería de cuero.

El policía de las barbas aparcó junto a los automóviles y me señaló el portón de hierro. Una plancha de cobre, brillante y pulida, tenía grabadas dos palabras: Villa Cristina. Entramos en el jardín.

Un grupo de policías nacionales fumaba charlando y pisoteando el cuidado césped que formaba dibujos. Había un estanque en el centro, probablemente con peces, flores y rinconadas con bancadas de piedra. Los guardias nos observaron con atención mientras atravesábamos un sendero en dirección a unas escalinatas de mármol blanco que conducían a la casa. Subimos las escaleras y entramos en un vestíbulo acristalado repleto de muebles de hierro pintados de blanco.

El policía de barbas me hizo un gesto con la cabeza en dirección al gran salón que comunicaba con el vestíbulo. Ellos se quedaron allí y yo entré.

Había más gente dentro, hablando en susurros. Gente con trajes a medida y el rostro muy bien afeitado. Era un lugar inmenso, equilibrado y sobrio. Grandes cuadros cubrían las paredes y extrañas esculturas se apoyaban en pedestales o colgaban del techo. Había una puerta al fondo y otras dos a izquierda y derecha, todas cerradas. Una escalera con el pasamanos de madera antigua ascendía a los pisos superiores.

Alcé la cabeza y distinguí a alguien que me miraba desde arriba. Sonó una voz cascada e impaciente.

—Vaya, al fin has venido. Sube.

Era Frutos, el comisario Frutos, rodeado de acólitos. Me apoyé en el pasamanos y subí, sintiéndome mucho más pequeño de lo que puedo llegar a ser.

Frutos me aguardaba en un rellano alfombrado, donde había más cuadros y armaritos acristalados que mostraban objetos exóticos. Una serie de puertas de gruesa madera se alineaban a todo lo largo.

Dos oficiales de la Policía Nacional fingieron no darse por aludidos ante mi presencia y otros dos uniformados, que parecían mantener la vigilancia ante una de las puertas, me observaron con atención.

—¿Por qué has tardado tanto? —me preguntó Frutos.

—Yo trabajo, no estoy en la policía.

Torció la boca. No le gustaban las bromas. Era el mismo Frutos de siempre: nariz chata, cara cetrina y con el aspecto de haber dormido con el traje puesto. Lo que era distinto era el traje. Parecía de buena calidad y no le faltaba ningún botón.

—Muy gracioso, Carpintero, sí señor, pero no perdamos más tiempo. —Me agarró del codo y me condujo a la puerta guardada por los dos policías, que la abrieron en actitud de respeto.

Entramos a un despacho inmenso, rodeado de ventanales y cubierto por severas estanterías repletas de libros.

Había sillones mullidos en los rincones y panoplias con armas antiguas. Una gruesa alfombra amortiguó nuestros pasos. Frutos se detuvo en el centro de la habitación.

Había un gran silencio allí dentro. El silencio de la muerte.

En uno de los lados, una mesa de caoba enorme estaba llena de papeles y objetos antiguos de escritorio. Detrás de la mesa, un sillón de alto respaldo sostenía el cuerpo de un hombre desmadejado con la cabeza levemente torcida. Vestía una bata de seda azul entreabierta que mostraba un pijama color crema. La mueca de su boca parecía una sonrisa, pero no lo era.

Un tiro le había destrozado la dentadura vaciándole la parte posterior de la cabeza. Sesos, cabellos y trocitos de hueso se esparcían por el suelo y el respaldo del sillón.

El olor a sangre era dulzón y pastoso.

La pistola, un revólver plateado Smith y Wesson con el caño de dos pulgadas, descansaba a los pies del cadáver, muy cerca de la mano del sujeto enfundada en un guante negro de piel fina.

Di la vuelta despacio a la mesa y lo reconocí.

Era Luis Robles.

—¿Qué te parece? —dijo, detrás de mí, Frutos.

—¿Qué me parece el qué? —respondí.

Frutos iba a decirme algo cuando la puerta se abrió y entraron dos hombres que avanzaron hasta la mesa.

A uno de ellos lo identifiqué enseguida a pesar del tiempo que hacía que no lo veía. Era delgado, de cara angulosa y sus ojos se movían con la rapidez que poseen algunas personas de mente ágil. Era Curro Ovando, jefe del laboratorio de balística. El otro era Carmelo, su ayudante, un muchacho malagueño muy serio que se había dejado bigote y lo hacía irreconocible al primer golpe de vista. Me saludaron con inclinaciones de cabeza que yo devolví.

—Todavía es pronto para decir nada concreto, comisario —manifestó Ovando—, pero casi le puedo garantizar que el disparo ha sido efectuado a bocajarro y empleando balas huecas. —Hizo una pausa—. Así se explican los destrozos en la cabeza.

—Gracias, Ovando —contestó Frutos.

—Le daré el informe enseguida. —Los dos hombres inclinaron las cabezas en señal de despedida y se encaminaron a la puerta. Frutos se volvió hacia mí.

—Ahí lo tienes. —Me miró a los ojos—. Se ha suicidado.

—Luis —murmuré.

—Tienes que contarme un par de cosas. —Sus ojos me escudriñaron de arriba abajo—. ¿Eh, Carpintero?, un par de cositas.

Volví a observar a Luis. He visto muchos cadáveres, demasiados, y todos tienen esa quietud, esa inmovilidad que ningún vivo puede fingir.

Entonces me di cuenta de que en la otra mano no tenía ningún guante.

—¿Cuándo se va a terminar esta broma, comisario? —bramó alguien a nuestras espaldas. Nos volvimos. Un sujeto rechoncho de cara abotargada surcada de venillas, gesticulaba muy acalorado. Volvió a graznar—: ¿Hasta cuándo cree usted que debemos esperar para levantar el cadáver, comisario? Dígamelo y así sabré si debo irme a comer a casa o volver al juzgado.

Frutos me tomó del codo, un hábito contraído después de detener a gente durante muchos años, y me condujo fuera de la habitación. No le contestó y el sujeto se apartó para dejarnos pasar.

—¡Gracias, comisario! —exclamó.

—De nada, juez.

—¡Llévense el cadáver de una vez! —ordenó el sujeto

a un grupo de hombres ataviados con bata blanca y que portaban una camilla.

Frutos y yo bajamos las escaleras sin que me soltara el codo. El vestíbulo estaba lleno de policías y funcionarios que se cuadraron al ver a Frutos. Los hombres de bata blanca descendieron con el cadáver de Luis tapado y atravesaron la sala. Poco después escuché la sirena de la ambulancia. Me pregunté qué prisa tenía Luis para llegar a la Morgue.

Frutos me sacó de mis pensamientos.

—¿Cuándo lo viste por última vez?

—Hace tres días estuvo en mi casa y me pareció algo nervioso, pero simpático y agradable. Dijo que me iba a llamar pero no lo hizo.

—¿Nervioso?

—Todos los ejecutivos me parecen nerviosos, Frutos, y Luis era uno de ellos. Lo que sí te puedo asegurar es que no me esperaba que se suicidara. ¿Pero quién puede estar seguro?

—Lo último que podía figurarme es que fueras amigo de don Luis Robles, Carpintero. Mira qué cosas tiene la vida.

—Coincidimos en la mili en la misma compañía y estuvimos saliendo juntos una temporada. Eso es todo. Llevaba casi veinte años sin verlo.

—No exactamente. En septiembre de 1973 lo viste en una manifestación estudiantil en la calle Princesa. Entrasteis en un bar y tomasteis algo, probablemente una cerveza. —Hizo lo que todo el mundo llamaría una sonrisa. Seguía teniendo los dientes verdes y grandes. No pude evitar un gesto de asombro—. A la media hora os separasteis.

—Es cierto, no me acordaba. Luis huía de la policía y casi tropezó conmigo. No me acuerdo adónde iba yo.

—Al gimnasio.

Lo miré con atención.

—Sois rápidos, ¿eh? Y ahora quiero irme a mi casa.

No hizo caso. Sacó su paquete de picadura Ideales, un papelillo y comenzó a liar uno de sus cigarrillos.

—Aquel día íbamos siguiendo a Luis Robles. Le sacamos fotografías. Muchas fotografías. Naturalmente tú saliste en algunas y te tuvimos que identificar. Un funcionario te siguió hasta el gimnasio, averiguó tu nombre y más tarde tuviste una discreta vigilancia hasta que se averiguó que no tenías nada que ver con la subversión. ¿Cuándo ingresaste en el Cuerpo?

—En el 70.

—Si no llega a ser por el coronel Cortés, no ingresas. Tenías una ficha.

—Cómo echas de menos aquellos tiempos, ¿eh?, Frutos.

—Te equivocas, pero es lo mismo. Lo que me interesa es don Luis Robles. Sabemos que fue un agitador estudiantil. Ingresó en el Partido Comunista en febrero de 1965 y salió en 1972, cuando la caída de Alcobendas. —Suspiró, encendió el cigarrillo y expulsó el humo. Yo estaba acordándome del coronel Cortés, de la Federación de Boxeo y de mi padre, que le limpiaba los zapatos de charol cuando se tomaba el cafelito en la cervecería Alemana.

Frutos seguía hablando, pero yo no lo escuchaba. Los policías uniformados, los de la Brigada, los de Identificaciones y los funcionarios del juzgado fueron abandonando la casa. Escuché el sonido de los motores de los coches al partir. Sin querer pasé los ojos por los techos, los cuadros y las esculturas.

—... no llegó al Comité Central por los pelos, pero fue miembro del Comité Nacional Universitario. La ficha de tu amigo parecía el Espasa. Era un activista peligroso.

—¿Aún hay fichas políticas, Frutos?

—Déjate de bromas. Muchos compañeros de la Brigada Político-Social conservan buena memoria y el señor Robles era muy conocido.

—No era de familia rica, Frutos. Su padre era cartero, creo. En la mili era el más pobre del grupo. Recuerdo que no tenía ni para tomarse unas cervezas.

—Entre 1970 y 1971 fue profesor de Estructura Económica de la Empresa en la Facultad de Ciencias Económicas y ahí le empezó a ir bien. En 1976 se casó con doña Cristina Fuentes. Se fueron a Estados Unidos de luna de miel y a ampliar estudios. Se doctoró en una universidad americana. Después fue el cerebro de ARESA.

—¿ARESA?

—¿No me digas que no lo sabes?

—No sé lo que es y, además, no me importa. Di a alguno de tus hombres que me lleve a casa. Tengo que trabajar.

—La policía no tiene un negocio de taxis... ARESA significa Alimentación Reunida, Sociedad Anónima. Una red de supermercados en Madrid, Barcelona y otras ciudades y un plan de expansión que comprende a seis ciudades más. A eso hay que añadirle varias fábricas de conservas y no sé cuántas cosas más.

Asentí con un gesto de cabeza, aunque en realidad apenas si lo escuchaba. Estaba acordándome del Luisito Robles que yo conocí, del grupo de muchachos de la mili y de lo que nos hablaba Luisito de ese mundo nuevo sin pobres ni ricos. Sin querer, elevé la cabeza y volví a contemplar el majestuoso vestíbulo, ahora silencioso. El lujo era delicado y suave, sin estridencias. Un lujo para gozarlo en la intimidad y no para mostrárselo a nadie. Al menos, Luisito Robles había tenido buen gusto.

—Y se suicidó —dije en voz alta.

—Así es —contestó Frutos—. Se quitó de en medio

aproximadamente a las seis de la mañana. El criado lo descubrió a las nueve cuando le llevaba el desayuno.

—¿Por qué, Frutos?

—¿Lo sabes tú? —Entrecerró sus ojillos.

—Bueno, Frutos, ya sabes que no me gustan los acertijos. Te agradezco que me hayas traído hasta aquí para ver el cadáver de mi amigo. Ha sido todo un detalle. Ahora me marcho a comer.

Me tomó otra vez del codo.

—Un momento. Todavía no hemos terminado. Te llevaré en mi coche a donde quieras, pero antes acompáñame a saludar a la familia.

5

Golpeó una puerta con suavidad y entramos a un gabinete o sala de lectura con dos ventanales hasta el techo, cubiertos por cortinas blancas que tamizaban la luz del jardín.

Dentro había tres personas hablando. Dos mujeres, una más vieja que la otra, y el estridente juez de antes. El juez les estaba diciendo algo a las dos mujeres y subió una ceja cuando nos vio entrar.

—¿Ocurre algo, comisario?

—Nada. Quisiera despedirme de las señoras antes de marcharme —contestó Frutos.

La mujer más joven volvió la cabeza y la suave luz de la habitación iluminó su rostro. No era tan joven. Andaría alrededor de los treinta y cinco años, una edad en que la mayoría de las mujeres son sus propias madres. Sus pómulos eran altos y bien dibujados, y sus labios, finos y marcados. Esbozó una tenue sonrisa y movió su larga mano sobre el respaldo del sillón en un gesto de asentimiento.

Llevaba un traje sastre de tonos verdosos sin ningún adorno y se parecía a la otra mujer como dos gotas de agua. La más vieja podría tener sesenta años, pero su rostro marfileño no mostraba ninguna arruga visible. Me observaba con ojos fijos y duros como picos de pájaros.

Dijo con voz ligeramente ronca:

—Gracias, comisario, se está usted molestando demasiado. Ha sido muy amable.

—De ninguna manera, es lo menos que puedo hacer por ustedes, señoras.

—La familia Fuentes ha tenido un día horrible, comisario —dijo el juez con su voz chillona—. ¿Por qué no les dice a sus hombres que dejen de merodear por la casa?

—No hay nadie en la casa, juez. —Frutos le enseñó los dientes, se inclinó ligeramente y besó la mano de las mujeres—. A sus pies. Y si necesitan algo, no duden en llamarme.

—Gracias, comisario —contestó la de más edad.

—A propósito —dijo Frutos y me tomó otra vez del codo—. El señor Carpintero fue un gran amigo de don Luis.

Se hizo un silencio granuloso en la habitación. Incliné la cabeza en dirección a las damas.

—Fuimos amigos hace veinte años. Estuvimos juntos en la mili.

Noté un leve estremecimiento en la boca de la mujer más joven. Puede que fueran figuraciones mías, pero apretó la mano en el respaldo del sillón.

—Bien... —carraspeó el juez—, entonces...

Frutos inclinó de nuevo la cabeza y salimos al vestíbulo. Dos criadas uniformadas barrían silenciosamente.

Al llegar a las escalinatas que comunicaban con el jardín, se paró en seco.

—¿Qué te parece? —me preguntó.

—Deja de hacerte el gallego conmigo, Frutos. Tú me has traído aquí para algo, así que suéltalo.

—Conque el gallego, ¿eh? Nunca me han gustado tus bromas. ¿Te lo he dicho?

—Sí, me lo has dicho y vámonos ya de una vez. Tengo que comer.

Bajé los escalones y empecé a caminar por el jardín vacío en dirección a la puerta, donde estaba aparcado el coche oficial de Frutos. Antes de llegar, me cogió del brazo otra vez y me detuvo.

—¿Te parece normal la actitud de la esposa y la madre política de un tío que se acaba de meter una bala en la boca? ¿Eh? ¿Te parece normal?

Frutos no era imbécil. Liaba cigarrillos de hebra, se lavaba una vez al mes y no sabía lo que era un cepillo de dientes. Pero no era un imbécil.

—No.

—Piénsalo bien, Carpintero, ¿cuando fue a verte estaba preocupado, ansioso, asustado...?

—Ya te lo he dicho, Frutos. Era el Luis Robles de siempre. Más viejo, mejor vestido y mucho más rico y, por lo tanto, más nervioso, pero no parecía asustado. Claro que también puedo equivocarme.

—Pues estaba asustado. Muy asustado... En el cajón de su mesa de despacho he encontrado una hoja en la que había escrito algo.

Echó mano al bolsillo interior de la chaqueta y me tendió una hoja de calendario arrancada. Estaba escrita a lápiz y decía: «Toni me ayudará. Tengo que decírselo.»

Abajo estaba mi número de teléfono.

Le devolví el papel a Frutos.

—¿De qué tenía miedo? —volvió a preguntarme.

Pero yo no tenía respuesta a esa pregunta. Al menos no la tenía entonces.

6

El coche oficial de Frutos me dejó en la calle San Bernardo, en el Ministerio de Justicia. No tuve más que cruzar la calle y andar un poco para comerme una pizza en un restaurante llamado La Gata Flora, situado en San Vicente Ferrer.

El comedor estaba medio vacío y tuve tiempo de pensar en todo lo que me había pasado en los últimos veinte años. No me gustaba pensar en esas cosas, porque no se saca nada en claro cuando se remueve la memoria. Es inútil y pernicioso, pero el cuerpo de Luis con los sesos esparcidos por el suelo era algo que me venía a la cabeza con la persistencia de una gota de agua en un grifo roto.

Casi era la hora de la merienda y los empleados, colocando las sillas sobre las mesas y barriendo el local, me lo estaban indicando muy a las claras. De modo que me bebí rápidamente el café, pagué y me marché.

Caminé calle abajo, dejándome conducir por la cuesta. Crucé San Bernardo y entré en la calle de la Palma. Lola vivía en el número sesenta y hacía seis meses que yo tenía en su casa una bata, zapatillas y útiles de afeitar. En realidad, a Lola se la conocía como Perlita Carioca en los ambientes, más o menos artísticos, de la calle Ballesta y aledaños. Al principio, cada vez que la llamaba Lola me corregía: «Llámame Perla, cariño, o Perlita, me da lo mismo. Lola no me gusta.» Pero terminó por acostumbrarse.

Lola se ha hecho pasar tanto tiempo por brasileña que se lo ha terminado por creer. Incluso se ha inventado una familia y un pasado en Río de Janeiro y lo suelta a la menor insinuación. Por aquel entonces realizaba un número completo de media hora en el club New Rapsodia, en la calle Desengaño. Su actuación consistía en mover la boca mientras sonaba la música por los altavoces y en bailar unas sambas. Bailar es un decir.

A los borrachos se les caía la baba y a los que aún permanecían serenos se les formaba un nudo en la boca del estómago. Lola se iba quitando la ropa lentamente al ritmo de los tambores hasta que los últimos compases los ejecutaba completamente desnuda, a excepción de un diminuto tanga que se podía envolver en un sello de correos. Y en esos momentos la espesura del aire se podía cortar con tijeras de podar. Luego se vestía y comenzaba su turno de charla y descorche con los clientes y entonces el personal trataba de averiguar cómo había podido embutir tal cantidad de anatomía en tan poca ropa. Mientras lo averiguaban, se iban dejando los billetes en copas.

Abrí la puerta con mi llave y me encontré a un tipo sentado en el sofá. Canturreaba «¡Ay cariño, no me trates como a un niño!», y llevaba un vaso en la mano.

Cerró la boca de golpe y se levantó con una débil sonrisa en los labios. Era un sujeto grande, muy moreno, de largas patillas y labios abultados. Vestía un traje azul cruzado con rayitas blancas y me apretó la mano sin fuerza. Noté al menos tres anillos refulgentes en la carnosa mano que me tendió.

—Me llamo Jesús Maíz. —Siguió con la sonrisa.

—Antonio Carpintero —dije yo—. Y continúe cómodo. No se preocupe por mí.

Entré en el dormitorio. Lola estaba en bragas, colocándose varios litros de colonia cara en los sobacos. Al igual que los tipos que la admiraban en el New Rapsodia todas las noches, menos los lunes, me pregunté cómo unos pechos tan enormes y redondos se podían mantener de punta a pesar de no llevar nunca sujetador.

—Hola, amorcito —dijo.

Siguió a lo suyo. Me apoyé en la puerta. Iba a ponerse el vestido negro de las grandes celebraciones.

—¿Qué, cómo va eso, Lola?

—Nada, ya ves. ¿Me ayudas a subirme la cremallera?

Se la subí. Era un vestido ceñido y escotado, abierto en el costado derecho. Al andar se le veía el muslo. También se le notaba que no llevaba sujetador. Eso se le notaba a simple vista. Pensé que si yo no hubiese llegado en ese preciso momento, ahora el tipo del sofá estaría ayudándola con la cremallera.

—¿De paseo, Lola?

—A merendar. Me lleva a tomar tortitas con nata. Ya sabes cómo me gustan a mí las tortitas.

Me dio un beso en los labios y se sentó en la cama para colocarse los zapatos. Y volvió a escuchar: «¡Ay cariño, no me trates como a un niño!»

—¿Y para merendar tortitas con nata te pones ese vestido?

—¿Qué le pasa a este vestido?

—Nada. Es un vestido muy bonito. —Continuó cantando la cancioncilla.

—Tiene cuatro salas de fiesta en Guadalajara.

—¿Quién?

—¿Quién va a ser, tonto? Don Jesús.

—¿Ah, sí?

—Y va a montar una revista. Ya está preparándola, tiene el libreto y todo. Se llama *Me voy con cinco*.

—¿Lo sabe tu agente?

—Vicente está cada vez más imbécil. No se entera de nada. Lo único que sabe hacer es llevarse mi pasta. En mal día lo hice mi representante. ¡Qué cruz de hombre! Mira, Toni, necesito cambiar de ambiente, conocer a otra gente y con Vicente no puedo hacer nada. Fíjate lo que me ha buscado para enero, no te lo puedes ni imaginar.

—¿El qué?

—El Tú y yo, ¿te lo figuras?

—Sí.

—Pues eso. Le dije que se lo metiera en el culo. Estoy hasta las narices de los cabarés. Quiero hacer revista, otras cosas.

Suspiró y se puso en pie.

—Bueno, amor, ¿qué tal estoy?

—Buenísima.

Me pellizcó la mejilla.

—Qué majo eres. Anda ven, que te voy a presentar a don Jesús.

—Ya nos hemos presentado.

—No seas arisco, hombre, don Jesús es un caballero, un empresario y no lo que te figuras.

—Yo no me figuro nada.

—Anda que no... Mira, se ha tirado dos noches seguidas viéndome en el espectáculo y luego ha alternado como un señor, gastándose la pasta y sin toquetear. La Mari y la Pluses se lo querían llevar al huerto y él no les ha hecho ni caso. Sólo quería hablar conmigo, fíjate.

—Seguro que te ha dicho que tienes temperamento artístico. ¿A que sí?

—Bueno, ¿y qué pasa? ¿Es que no tengo yo temperamento artístico? —Me miró fijamente y yo asentí con la cabeza. Me empujó por la espalda—. Anda, vamos ya. —Bajó la voz—. Se ha gastado en copas más de treinta mil pesetas. El Antonio dice que ni Onassis.

Entramos en el comedor y el empresario se levantó sonriendo otra vez.

—Mire, don Jesús, aquí le presento a un gran amigo, que...

—Ya nos hemos presentado. —Dejó el vaso en la mesita—. ¿Nos vamos?

—Cuando usted quiera, don Jesús.

—Por favor, trátame de tú, llámame Jesús. Mira que te lo tengo dicho, Perlita.

Lola soltó una carcajada con más cartón piedra que una declaración exclusiva de Ruiz Mateos a la prensa y se volvió hacia mí.

—¿Quieres venir a merendar con nosotros, Toni?

—Me voy a mi casa.

—Entonces, adiós.

Cerré la puerta y dejé que bajaran los escalones hasta que perdí el repiqueteo de sus tacones. Salí detrás de ellos, crucé la calle y apoyé un codo en el mostrador de Bodegas Rivas.

No estaba el dueño. Se acercó Pepe, el encargado.

—Vermú —le dije.

Pepe no es muy hablador, de modo que me puso lo que había pedido y se fue a atender a otros clientes. Cuando bebía el primer sorbo, alguien me agarró del hombro.

Era Javier Valenzuela, *el Moro*, cuya profesión consistía en saber cosas y contárselas a los demás.

—¡Hombre, Toni, cuánto tiempo sin verte! —exclamó, y sus inteligentes y vivaces ojillos despidieron chispas. Llevaba una chaqueta negra ajustada y unos pantalones arreglados para que parecieran a la moda. Nadie sabía exactamente a qué se dedicaba—. He visto a Lola con un..., y creí que eras tú. Y me he acercado, pero...

—Tómate un vermú.

El vermú le volvía loco.

—¡Un vermú, Pepe! —gritó con los ojos encendidos—. ¡Con poco seltz!

Pepe se lo sirvió y antes de que se mantuviera dos segundos en el mostrador, se lo bebió. Chascó la lengua.

—Se llama Jesús Maíz, el *maromo*, y tiene mucha pasta, mucha. Me han dicho que quiere montar una discoteca moderna de esas con lucecitas. —Hizo una pausa—. También me han dicho que es socio de Romero Pombo y que quieren montar espectáculos por toda España. Ya sabes que se han puesto de moda otra vez esas cosas.

—Pepe, otro vermú al caballero.

—¡Gracias, Toni! —Lo saboreó un poco, haciendo ruiditos con la boca—. El *menda* no tiene media *galleta*, no te preocupes. Es grande, pero es todo fachada. Las mujeres..., ya sabes.

Dejé sobre el mostrador el dinero de las consumiciones. Aparté una moneda de diez duros.

—Tómate otro a mi salud —le dije.

—¡Eres un tío, sí señor! —Me acompañó hasta la puerta. Cuando iba calle Palma abajo, me gritó—: ¡Suele ir a una cafetería que se llama Iberia, en la calle Peligros, el dueño es de su pueblo. Va sobre las ocho!

Me agitó la mano y le devolví el saludo.

7

Abrí los dos balcones que dan a la calle Esparteros y me puse a barrer el polvo. Tardé una media hora. Y no porque mi casa sea espaciosa —tiene cocina, cuarto de baño, un pasillo con armario empotrado y una habitación amplia que me sirve de dormitorio y salón comedor—, sino porque había roña suficiente como para llenar un castillo abandonado.

Cerré los balcones, encendí la luz que hay sobre el sofá y conecté la radio. Aún me quedaba una botella de ginebra empezada y otra llena. Llevé las dos a la mesita con un vaso limpio, hielo y el paquete de cigarrillos.

Ya estaba el decorado listo.

Abrí el cajón inferior de la cómoda y saqué la caja de zapatos. Al lado descansaba mi Gabilondo del 38 envuelto en un paño y aceitado. Se me enfriaron los dedos al tocarlo.

Bebí un sorbo de ginebra y abrí la caja. Estaba llena de fotografías, la mayoría en blanco y negro y amarillentas por el tiempo. Debajo de las fotos encontré la cartilla militar, el pasaporte, el contrato de alquiler de la casa, la licencia de armas, el carné de la Federación Nacional de Boxeo y unos cuantos recortes de prensa.

Aquello era el resumen de toda mi vida.

En uno de los recortes se me entrevistaba como a una joven promesa del boxeo nacional, cuando gané el campeonato militar de los wélters. El otro recorte era más reciente y explicaba mis posibilidades frente a Basilio Arenas para el campeonato de España. Basilio me ganó a los puntos y no conservo ningún recorte de aquel combate.

En cuanto a las fotos, las había de varios tipos y de varias épocas: en el gimnasio, con mi primera novia en una verbena, alzando los guantes, con mi madre y mi padre durante la única excursión que hicimos al pantano de San Juan. Y allí estaba yo vestido de soldado de infantería en el CIR núm. 2 de Alcalá de Henares, con un grupo de amigos. Al primero que distinguí fue a Luisito Robles.

Los domingos llegaban los fotógrafos ambulantes al campamento ofreciendo sacar fotos para las madres y las novias. Debió de ser uno de aquellos domingos. Éramos seis en la foto. El primero por la izquierda era alto y desgarbado y no recordaba su nombre, el siguiente debía de ser Lolo, el de Chamberí, que su padre tenía un taller de reparaciones de bicicletas; el otro era sin duda Inchausti, que imitaba a la perfección el maullido de un gato; después estaba yo, al lado de Luisito y, el último, Paulino, *el Calvo de Asia* lo llamábamos, que tenía la cabeza como una bombilla a causa de una enfermedad.

Luis, Luisito Robles. Y alzaba el puño en la foto, sonriendo de oreja a oreja. Eso era muy típico de él. «Los militares son parásitos sociales, la fuerza de choque del capitalismo», solía decir. Hablaba mucho. Le gustaba hablar. Y no siempre eran tonterías.

Dejé la caja sobre la mesita y apuré el vaso con la foto en la mano. Nunca le dije a Luis lo buen tipo que era. Eso es muy propio de los hombres. Parece que nos da miedo, vergüenza o lo que sea. De manera que terminamos la mili y cada uno se fue por su lado. Yo a intentar abrirme camino en el *ring* y él a terminar la carrera. Debió de ser vergüenza lo que nos impidió llamarnos y seguir siendo amigos. Creo yo.

Aproveché el hielo que quedaba, volví a escanciar ginebra en el vaso y me la bebí de golpe.

Nunca le dije a Luis, por ejemplo, que me gustaba estar con él. Que me gustaba su inteligencia, su ironía y su cultura. Esa capacidad que tenía de comprender la esencia de cualquier cosa de un vistazo. Yo le enseñaba a boxear en el barracón del campamento, a colocar las piernas, a moverse y a golpear. Y él me obligó a estudiar el bachillerato. Un día me trajo sus propios libros y me elaboró un programa de estudios. Me ayudó como lo hacen las personas como él, sin que se note que te están ayudando, sin darle importancia. Y nunca se lo agradecí lo suficiente.

En la radio sonaba ahora la timbrada voz del locutor.

—... noches, queridos oyentes. Éste es el programa de Emilio Lahera, *Noche de Boleros*...

Reconocí enseguida *Cuando vuelva a tu lado*..., cantado por Edie Gormet y el Trío Los Panchos.

La primera mujer que quiso casarse conmigo se llamaba Manolita Sacedón y olía a manzanas frescas. Era criada de un registrador de la propiedad de Lugo que suspendía una y otra vez las oposiciones a notarías. Iba a verme durante las veladas veraniegas en el Campo del Gas y me traía pimientos fritos y tortilla en una fiambrera. Se sentaba en silla de *ring* y yo, sin verla, sabía que lloraba en silencio mientras nos atizábamos furiosamente en la lona. Manolita ahora debe de estar suscrita a dos o tres revistas del corazón.

Tararée el bolero y me serví otro vaso. Éste me lo bebí despacito, a sorbos, mientras la oscuridad entraba por los balcones. Solté una carcajada sin ninguna razón.

Entonces sonó el teléfono, cortando la oscuridad. Tardé en darme cuenta. Encendí la luz.

Era una voz de mujer. En una noche como aquélla podía ocurrir cualquier cosa.

—¿Señor Carpintero? —Era una voz cálida, ligeramente ronca, acostumbrada a que le hagan caso.

—Soy yo. ¿Quién es usted?

—Cristina Fuentes.

—¿Quién?

—La esposa de Luis Robles, señor Carpintero. Esta mañana ha estado usted en nuestra casa. Necesito hablar con usted.

—Tengo una fiesta.

Silencio.

—Es muy urgente. ¿No puede dejar esa fiesta?

—No.

—Entonces iré a verlo ahora mismo. ¿Dónde vive?

Le di mi dirección. Me dijo que tardaría media hora.

8

No le quité el abrigo de lanilla blanco que llevaba. Pero ella tampoco se disculpó por llegar tarde.

Tiró el abrigo sobre una silla y paseó por el cuarto esa clase de mirada que las mujeres dedican a las habitaciones de los hombres que viven solos.

Vestía pantalón de pana de buen corte, color mantequilla, y una blusa del mismo color con hombreras. No llevaba joyas ni maquillaje, ni le hacía falta. Era alta y delgada, con esa delgadez que no es falta de alimento sino dieta, gimnasia y dedicación. Sus caderas eran estrechas y sus pechos, menudos y altos, se adivinaban tersos bajo la blusa.

Se acercó a la pared donde tengo unas cuantas fotografías enmarcadas.

—¿Es usted el de la foto?

—Es Rocky Marciano combatiendo con Joe Fontana.

—Me encantan los boxeadores, nunca he conocido a ninguno.

—¿Un poco de ginebra? —Señalé la botella.

—No sé si la resistiré. ¿Tiene tónica?

—No me avisó.

—¿Coca-cola?

—En mi casa no entran esos líquidos. Si no quiere ginebra, puedo ofrecerle agua fresca. Por ahora el agua de Madrid es buena y digestiva. Elija.

—Tomemos ginebra.

Se sentó en el sofá a mi lado y yo fui a la cocina, lavé un vaso, cogí más hielo y lo llevé a la mesita. La radio desgranaba «... contigo en la distancia...», cantado por Lorenzo González. Encendí un cigarrillo y le serví medio vaso de ginebra. Ella prefirió fumar de los suyos, rubio americano.

Expulsó el humo con elegancia.

—¿Por qué brindamos? —Levantó el vaso.

—Yo lo estoy haciendo por Luis Robles.

—Por Luis. —Bebió un trago. No hizo ningún gesto. Su mano era larga y de largos dedos—. Por el pobre Luis.

Miró el vaso al trasluz.

—¿Qué ginebra es ésta?

—No tiene marca. Se la compro a Justo, que tiene una bodega cerca de Leganitos. Si le gusta, le puedo recomendar para que le venda una garrafita. También tiene whisky, pero yo prefiero la ginebra. Se asombraría de la cantidad de licores raros que es capaz de fabricar el bueno de Justo. Me sale a cuarenta pesetas el litro, pero a usted no se la vendería por menos de cien pesetas.

Soltó una carcajada, echando la cabeza hacia atrás. Su cabello era castaño claro, cortado como el de un muchacho. En su casa me había parecido más oscuro y es que tenía extrañas tonalidades. Cruzó las piernas como lo hacen los hombres y me miró divertida. Algo debía de hacerle mucha gracia.

—Le agradezco mucho que me recomiende a su amigo Justo. —Siguió observándome—. Tenía curiosidad por conocerle, Carpintero.

—Bañado y recién afeitado resulto más presentable.

—¿Boxeabas con el nombre de Toni Romano?

—Sí.

—Luis me lo dijo.

Se recostó en el sofá con expresión pensativa. Era cualquier cosa menos tímida. Supongo que el haber tenido criadas en la infancia y ahora una red de supermercados y fábricas, debió de ayudarla bastante a superar la timidez. La vi tragar de nuevo la ginebra de Justo sin hacer aspavientos. Me habría gustado que Justo la hubiera visto. Pensé en decírselo.

—Es maravilloso —dijo al fin—. Sencillamente maravilloso.

—¿Qué es maravilloso?

—Esto. —Abarcó la habitación con la mano—. Yo aquí contigo, un boxeador, escuchando boleros en la radio y bebiendo líquido para limpiar metales. Me encanta. Hacía años que no escuchaba boleros. No sabía que todavía existían.

—A Manolita Sacedón le gustaban mucho. Era muy romántica.

—¿Quién es Manolita Sacedón?

—Una amiga. Preparaba muy bien los pimientos fritos. Sin nada de aceite, tiernos. Pero si no quieres escuchar boleros, apago la radio.

—No, me gustan..., los boleros, la radio, tu casa..., la ginebra y siento mucho que no me gusten los pimientos fritos. Brindemos por todo esto.

Levantamos los vasos y bebimos. Yo lo bebí todo. Volví a servirme. Sin darme cuenta pensé en Luis Robles otra vez. En él y ella haciendo el amor. Comiendo y hablando de sus cosas. Pero él estaba muerto y ella conmigo bebiendo la ginebra de Justo.

La mujer dejó su vaso vacío sobre la mesita y adelantó el cuerpo sobre el gastado sofá.

—Dame un poquito más de esa ginebra. —Se la di y ella misma cogió hielo, agitó el vaso y tomó otro trago—. ¿Sabes?, no eres como yo pensaba.

—¿Y cómo creías que era?

Se encogió de hombros.

—Luis hablaba mucho de ti. No había reunión en la que no acabase hablando de la mili y de su amigo que le había enseñado a boxear, un boxeador auténtico. Me sé vuestras historias de memoria. Tenía curiosidad por conocerte. Dime, ¿estuviste con Luis hace poco?

—Vino a verme hace unos días. Estuvo ahí sentado durante diez minutos y luego se marchó. Ésa fue la última vez que lo vi.

—¿Te dijo algo?

—Nada especial, que quería verme.

—Luis era muy extraño. Algunas veces pienso que nunca terminé de conocerlo.

—A mí nunca me pareció extraño.

—Hay cosas que un amigo no sabe, ni puede sospechar y que una esposa sí que sabe. ¿Me comprendes?

—No es difícil entender eso. ¿Adónde quieres llegar?

—¿Sabes cuántos años tengo?

—Ni idea.

—Cuarenta y cuatro. El mes pasado hicimos veinticinco años de matrimonio, veinticinco años y treinta días de estar casada con él.

—Bebamos por eso.

Chocamos nuestros vasos. Dijo ella:

—¿Sigues en la policía?

—Lo dejé hace años.

—Luis siempre contaba que estabas en la policía. Fíjate, había conocido a un auténtico policía y a un auténtico boxeador en una sola persona. Estaba orgulloso de ti... ¿Te molesta que hable de Luis?

—No.

—Me parece que sí.

—No hace ni veinticuatro horas que se ha saltado la tapa de los sesos y tú eres su viuda. No una viuda corriente. La viuda de mi mejor amigo.

—Viuda. —Le brillaron los ojos. Sonrió con el borde de la boca y vació el vaso. Bebía ginebra demasiado aprisa, incluso para una mujer como ella—. Me hace gracia... Soy viuda desde hace mucho tiempo, mucho... Hace siete años que estábamos separados. Vivíamos en la misma casa, lo de vivir es un decir, pero dormíamos en cuartos separados y hacíamos cada uno nuestra vida. El Luis que tú conociste no tenía nada que ver con el Luis que yo conocí. Mejor dicho, con el Luis que fui conociendo. Ahora dame más ginebra.

Se la di. Yo también me puse más. Bebimos sin mirarnos.

—Se había vuelto impotente —dijo de golpe—. Impotente.

Alcé mi vaso y me lo bebí entero. Ella me lanzó una sonrisa fugaz y se dedicó a su bebida. Nos quedamos en silencio.

En la radio sonaba *Mía*, cantada por Manzanero. A Manolita Sacedón le gustaba mucho.

—Hemos sido un negocio, no una familia —dijo, como si hablara para ella misma—. El negocio nos necesitaba. Nos necesitaba a todos. Teníamos que estar juntos. Pero no le odio, nunca le odié, debes creerme. Fuimos compañeros de clase en la facultad y me fascinó enseguida. Era listo, culto, inteligente y guapísimo. Y tan revolucionario... No te figuras lo revolucionario que era entonces. Me enamoré de él, me casé enamorada y todavía lo quería de alguna manera. Luis era..., no sé, muy especial. Tenía encanto.

—Suéltalo ya.

Me miró fijamente.

—¿A qué te refieres?

—No has venido aquí a hablarme de tu marido. Has venido a saber por qué escribió Luis aquello en su agenda. Y eso ya me lo preguntó el comisario Frutos, señora de Robles, y la respuesta es que no lo sé.

—No me llames señora de Robles, por favor. Me llamo Cristina, Cristina Fuentes, y estoy preocupada, necesito ayuda.

—¿Qué tipo de ayuda?

Sus ojos brillaron, pero también podría ser la ginebra.

—A Luis le ocurría algo extraño, no era el mismo de siempre, llevaba seis meses bebiendo mucho, emborrachándose casi a diario y pasando las noches fuera de casa, algo que no hacía nunca. Estaba agitado, irascible, se enfadaba por cualquier cosa.

—No veo raro el que un tío se emborrache algunas veces.

—No es exactamente eso. Luis llevaba bastante tiempo sin preocuparse de los negocios ni de pisar el despacho. Unas veces decía que iba a divorciarse y a volver a la facultad y otras veces nos largaba uno de sus interminables discursos políticos. Descubrimos que iba, digamos, que con malas compañías.

—¿Qué son para ti malas compañías?

—Gente de mala vida, esos que van a cabarés, antros... Ya sabes a lo que me refiero.

—¿Cómo supiste eso?

—Tenemos un servicio de seguridad y durante varias noches y sin yo saberlo, mi madre ordenó que siguieran a Luis. Descubrió que acudía a un antro llamado Rudolf Bar o algo así. Al parecer es un lugar de homosexuales y travestis. —Hizo una pausa que yo aproveché para verter más ginebra en nuestros vasos. Bebimos. Nunca pensé que una mujer de su peso pudiera aguantar tanto—. Un sitio horrible. Nunca supe qué hacía allí Luis y por qué iba tanto. Una noche mi madre y él se pelearon de forma espantosa, yo llegué al final, pero pude enterarme de algo que Luis le gritaba, algo referente a unas fotografías. ¿Te dice eso algo?

—Nada.

—¿No te comentó algo referente a unas fotografías?

—Ya te lo he dicho. Nada.

Los balcones comenzaron a moverse de su sitio. Apagué el cigarrillo que estaba fumando y encendí otro. Los balcones volvieron a su lugar, pero con manchas verdes. Enormes manchas que se encendían y se apagaban. Me pasó por la cabeza que eso ya lo había visto antes, pero no pude recordar cuándo.

—¿Me estás haciendo caso?

—Ya lo creo —le dije—. Mi impresión es que Luis tenía una amante. Eso es lo que se suele decir siempre, ¿no?

—Si acaso un amante. El Rudolf Bar es un lugar de homosexuales. Nuestro servicio de seguridad nos dijo que se veía allí mucho con un sujeto alto y flaco llamado Paulino Pardal, antiguo empleado nuestro, un conocido homosexual que le sacaba el dinero. Rara era la noche que Luis no gastaba entre veinte y treinta mil pesetas y a veces más.

Me quedé pensativo.

—Paulino —dije en voz alta—. ¿Y trabajó para vosotros?

—Parece que sí; yo no conozco a todos nuestros empleados, como puedes figurarte. Creo que se fue de la empresa hará casi un año. ¿Te dice algo ese nombre? —Parecía interesada.

—¿Era calvo, calvo como una bola de billar?

—No, he visto la fotografía. Es un sujeto alto, flaco, con una enorme nariz ganchuda y mucho pelo, peinado estilo chulo... ¡Ja, ja, ja! ¡Qué bueno este bolero! ¿Cómo se llama?

—No tengo ni idea.

—Di... di... digo el bolero.

—¿El bolero? *Si yo encontrara un alma como la mía.*

—Te los sabes todos. ¡Ja ja, ja!... Anda, dame un chupito más de ginebra.

Le eché un poquito más y a mí también. Me di un golpe con la mano abierta en la frente.

—¡Claro, era eso! —exclamé.

—¡El qué!

—Las lucecitas verdes. —Le señalé el balcón. Ella las miró, pero no hizo caso—. Son de un anuncio luminoso que han puesto en la Puerta del Sol.

—Pues brindo por eso.

—Y yo por Luisito Robles.

—Qué bien se está aquí... ¡Umm!

—Te gustan las tortitas con nata, estoy seguro. ¿A que sí? —No me contestó. Empezó a abrir el bolso y terminó por sacar al cabo de un rato un sobre blanco abultado que me dio. Yo lo cogí—. Las tortitas con nata son afrodisíacas. Y con mucha nata... ¿Qué estás diciendo?

—... encuentra a ese Paulino. Encuéntralo. Estoy segura de que le hacía chantaje a Luis. Nosotros no tenemos su dirección actual.

—¿Chantaje? ¿Y por qué no se te ocurre otra cosa? A lo mejor quería montar un espectáculo músico taurino. Vaya usted a saber.

—No te lo tomes a broma. Tenemos registrada una conversación telefónica de Luis, la última que hizo en su vida, justo la noche en que se mató. —Fui a decirle algo, la tomé del codo. En el sobre había un montón de billetes de cinco mil pesetas—. Aguarda, no me interrumpas, alguien le exigía dinero, si no publicaría las fotos y Luis se reía, se reía como un loco y le contestaba que sí, que las publicara, que a él no le importaba. ¿Te das cuenta? ¡Se mató después,

—60—

al amanecer, por eso no le importaba lo que hiciesen con esas fotos! —La sacudí del codo. Ella se puso de pie y yo levanté la cabeza. Sus pequeños pechos parecían agujerear la blusa—. Encuentra a ese cerdo de Paulino y consigue esas fotos antes de que haga con ellas una tontería. Tú eras su mejor amigo.

—No soy detective privado. Díselo a la policía. Frutos te hará caso..., no quiero ese dinero.

Me miró desde arriba. Su vientre estaba muy cerca. Un vientre plano. Las caderas. Olfateé la fragancia a hembra. El viejo perfume.

—¡La policía! —masculló y soltó una carcajada— ¡No me hagas reír! No queremos que nadie sepa que Luis Robles, don Luis Robles, el consejero delegado de ARESA, ha tenido un novio con el que se ha sacado fotografías indecentes. Estás loco. Ese comisario de mierda puede que cierre la boca, pero ¿y sus colaboradores? Tú has sido policía y sabes que en un caso entra mucha gente y la gente habla. La prensa lo sabría enseguida. No. Hazlo tú.

Se arrodilló con fuerza y apoyó las manos en mis piernas. La tomé del cabello, corto y duro, de yegua. Acerqué mi cara a la suya.

—He dicho que no —murmuré—. Y deja ya de hablar.

—Al fin te decides, hijo de puta —dijo con voz ronca, antes de que la besara con fuerza.

La tenue y apagada luz de la calle de Esparteros comenzaba lentamente a mezclarse con los ruidos de la ciudad cuando me desperté. Ella estaba en pie, en el centro de la habitación y se vestía. Su cuerpo desnudo se recortaba frente a los balcones como una estatua de acero bruñido.

La habitación olía a hembra furiosa. Nunca han dejado en mi presencia un olor tan intenso.

—No te muevas —dijo, abrochándose el pantalón—. Conozco la salida.

—Cerca hay una churrería. Haz el café y yo iré a por churros.

—Los boleros te han sorbido el seso. —Sonrió—. No hace falta que desayunemos juntos.

Fue a la puerta y la abrió. Allí mismo se puso el abrigo.

—Chao —dijo—. Hasta pronto.

Se marchó.

9

—¡Hijo de puta, pedazo de hijo de puta! ¿De quién es esto? ¡No te hagas el dormido y contéstame!

Logré entreabrir los ojos, pero no pude moverme. Tenía una barrena funcionándome en la cabeza y la lengua como la lija del tres para metales.

Lola estaba en el centro de la habitación agitando algo en la mano derecha. El sol del mediodía entraba a raudales por los dos balcones y me estallaba en los ojos. Ésta es una de las propiedades maravillosas de la ginebra de Justo.

—Pero ¿qué ha ocurrido aquí, Dios Santo? —Lola seguía agitando aquello—. ¿Qué es lo que ha ocurrido, cabrón?

—No grites —murmuré—. Por el amor de Dios, no grites. ¿No ves que tengo resaca?

—¿Resaca, hijo de puta? ¡Y más cosas debes tener! ¿A quién has traído, golfo de mierda? ¡Contesta!

—¿No puedes gritar más bajo, por favor?

—¿Con quién has estado esta noche, golfo?

Se me abrieron las pupilas del todo y me incorporé en la cama. Lo que agitaba Lola como una bandera eran unas diminutas bragas blancas con mucho encaje.

—¡Contesta! —bramaba—. ¡Contéstame!

—Tengo resaca y estoy aturdido. ¿Por qué no te quedas callada mientras pienso un buen pretexto?

Sólo tengo dos ceniceros en mi casa, uno es de loza roja, propaganda de una marca de vermús y el otro es de cristal. Lola me arrojó los dos, con colillas y ceniza, a la cabeza. Pude esquivarlos, pero las colillas, la ceniza y los trozos del cenicero rojo se desparramaron por la cama. Lola se sentó en el sillón, súbitamente calmada.

—Cerdo —silabeó.

—Ya está bien.

—Hijo de perra.

—He dicho que ya está bien.

Arrojó las bragas al suelo.

—¿Ha sido una fiestecita íntima, verdad? Y la guarra que te has traído te ha dejado las bragas de recuerdo. Un detalle.

—Voy a levantarme y hacer café. ¿Quieres una taza?

—¡Métete el café en...!

—De acuerdo. —Comencé a levantarme—. A propósito, ¿qué tal las tortitas con nata de ayer?

Se levantó de un salto, corrió hasta la mesita, cogió la botella de ginebra y la elevó sobre el hombro.

Lo poco que quedaba se lo vertió encima. Soltó la botella que hizo un ruido sordo contra el suelo y volvió a sentarse en el sillón con la cara congestionada. Terminé de salir de la cama, encendí el último cigarrillo que me quedaba y me puse la bata.

Lola había abierto el balcón y miraba la calle. El suave viento la despeinaba. Los ruidos de los coches en la Puerta del Sol y en la calle Mayor entraron en la habitación como huéspedes molestos. Llevaba una minifalda color cuero que apenas si le cubría sus caderas en forma de pera. Me acerqué a ella.

—Lola...

Se volvió.

—Hemos terminado, Toni.

—No seas tonta, Lola.

—Las mierdas que tienes en mi casa te las dejaré en Bodegas Rivas. Ahora dame mis llaves.

—Cógelas tú misma. Están en el primer cajón.

Abrió y cerró el cajón con cuidado, como si temiera despertar a un niño dormido.

—Vamos a hablar tranquilamente, Lola.

—No tengo nada que decirte, no quiero. Ni ahora, ni esta noche, ni ninguna otra noche. ¿Lo has entendido, Antonio Carpintero? —Atravesó el cuarto y abrió la puerta. Rebuscó en el bolso y tiró la llave de mi casa al suelo—. Me equivoqué cuando me lié contigo. No eres más que un muerto de hambre, un don nadie.

El portazo retumbó en toda la casa. Yo aplasté el cigarrillo entre mis dedos y lo arrojé por el balcón. Y entonces lo vi. Gordo, blanco, abierto. Estaba sobre el sillón. Lola se había sentado sobre él.

Era el sobre que me había dejado Cristina. Dentro había diez billetes nuevos de cinco mil pesetas.

10

La vieja llevaba un sombrerito marrón encasquetado en la coronilla y un abrigo ligero del mismo color con muchas hombreras. Comía una ración de almejas en lata moviendo mucho la boca. El bar se llamaba Viva la Pepa y estaba en la calle Ruiz, cerca de la plaza del Dos de Mayo. Durante el día servían raciones, bocadillos y comidas rápidas, y por la noche se transformaba en un lugar oscuro con música estridente.

Lo regentaban dos mujeres que se llamaban ambas Pepa. Una era morena, menudita y con gafas. De lejos parecía una escolar, pero de cerca las piernas que mostraba su sempiterna minifalda daban a entender que tenía más escamas que la tripulación de un barco bacaladero.

La otra era rubia y torcía un poco la boca al hablar. La voz parecía salirle directamente de los dientes. Solía tener una expresión de pena tan acusada que los clientes fijos sentían tentaciones de abrazarla.

—No, dona Rosario, no. Que no hace falta, déjelo, usted.

—Me sale muy bien, niña, mira. —Se colocó la mano cerrada en la boca y puso voz de falsete—: «¡Españoles todos! Desde esta plaza de Oriente, testigo de pasadas grandezas, quiero...»

—¡Vale, vale, ya está bien!

—¿Te ha gustado, hija? ¿Has visto qué bien imito al general?

—Sí, mucho.

Yo estaba al otro lado del mostrador sorbiendo un carajillo doble y la otra Pepa jugueteaba con un mondadientes, subiéndose las gafas, mientras me decía:

—... es un bar de maricones, a ver si me entiendes, o sea, travestis, locas..., pero van a lo suyo, no se meten con nadie.

—¿Suele haber bronca? —le pregunté.

—No, es tranquilo. Ya te lo he dicho, van a lo suyo.

La viejecita tragó las últimas almejas y pagó.

—Me estoy aprendiendo a Jesús Hermida y me está quedando majo, majo.

—Vale, pues otro día me lo cuenta.

La vieja se fue y la Pepa rubia se acercó a nosotros.

—No veas la vieja, qué *barrila*.

—Nos tiene fritas —dijo la morena—. Quiere ser cómica y volver a actuar.

—Hasta el moño nos tiene. ¿Y tú qué haces aquí? ¿Qué se te ha perdido?

—Que le gustan las artistas —dijo la morena—. Eso es lo que te pasa, ¿no, Toni?

—Le estaba preguntando por el Rudolf Bar.

—Lo que me faltaba, otro que va con los travestis. ¡Qué cruz de tíos, madre mía!

—No sabía que fuera un local de travestis. ¿Estáis seguras?

—Anda, anda..., que te va el morbo a ti también. No lo niegues.

—No lo niego.

—Está de moda —aseveró la morena—. El rollo de una nueva experiencia.

—De nuevo no tiene nada. Recuerdo a un primo mío que se vestía de Gloria Lasso y cantaba. Un día ganó un concurso. En otro momento os lo contaré.

—No tienes tú labia ni nada.

—Ahora en serio. ¿Sólo van travestis al Rudolf?

—Como que ahora son las tres de la tarde. ¿Te pongo otro carajillo?

—No.

Encendí un Farias coruñés y empecé a fumarlo despacio.

—Oye, Toni —dijo la rubia—, estás con Draper, ¿no?

—Le hago chapuzas.

—A ver si nos haces una a nosotras, hombre.

Pepa, la morena, la interrumpió.

—El Arturo Guindal, el dueño de la cafetería Pekín, esa de la vuelta... ¿Sabes quién es?

—¿Guindal? Me parece que me suena y debe de ser de mis tiempos de comisaría, pero no estoy seguro.

—Bueno, pues es un *manta*, un desgraciado chuleta que ha sido medio novio mío, ¿no?, y hemos roto y nos debe casi veinticinco mil duros en comidas y consumiciones y no nos quiere pagar.

—El guarro —remachó la rubia.

—A ver si puedes tú...

—Fijad la cantidad exacta. Me llevo el diez por ciento.

—¡Ele! —gritó la rubia.

La morena me puso la mano en el brazo.

—¿De verdad?

—Es mi trabajo.

Pepa la rubia rebuscó bajo el mostrador y me entregó un fajo de facturas. Me las guardé en el bolsillo.

—Ciento veinticinco mil justas.

—De acuerdo. Un día de éstos le meto mano. ¿Cuánto os debo?

—Nada —dijo la morena rápidamente. La rubia la miró y torció la boca— ¿Adónde vas ahora con tanta prisa?

—Otro trabajito para Draper.

—Pues que tengas suerte.

Me dirigí a la puerta. Pero un sujeto gordo, con tres papadas bajo la barbilla y una pelliza de cuero sin curtir, me empujó.

—¿Es usted el señor Carpintero? —me preguntó. Tenía las encías muy grandes y los dientes pequeños—. Me han dicho en el café Barbieri que estaba aquí.

En el café Barbieri dejaba yo los recados.

—Sí, soy yo.

—Llevo detrás de usted toda la mañana. —Metió una mano que parecía una almohada en el interior de la pelliza y sacó un sobre arrugado que colocó ante mis ojos—. Paulino quiere verlo.

Se quedó en la puerta, mirándome con sus ojillos astutos, mientras yo rasgaba el sobre y leía la nota escrita a bolígrafo con letra de escolar que ha faltado mucho al colegio.

Ponía en la nota: «Toni viejo esta tarde a las siete en el Rudolf por favor no faltes. Paulino tu amigo.»

—Dígale que estaré allí. —Doblé la carta y me la guardé en el bolsillo de la chaqueta. El gordo me sacudió un par de manotazos en el hombro.

—Muy bien, compadre. Se lo diré, si lo veo.

Salí a la calle y el tipo fue hasta el mostrador. Le escuché pedir un sol y sombra a voces.

11

La mujer era rolliza, bajita y se notaba que se había vestido con sus mejores galas: un traje sastre de color rosa con una serie de flores formando artísticos ramilletes. Llevaba en una mano un tambor de jabón limpiador Flasch y sus ojos se iluminaron al verme en la puerta.

Se apartó para dejarme pasar, y comenzó a cantar con voz chillona:

—¡Flasch, Flasch, Flasch..., mi ropa limpia está! —Tomó aliento y volvió a la carga—: ¡Flasch, Flasch...!

—Ya ha ganado, señora —la interrumpí—. Ahora dígame dónde está su cocina.

Cerró la boca de golpe.

—¿La cocina?

—Sí, la cocina. Tenemos que hacer comprobaciones.

—¡Ah, sí! Venga por aquí. —Caminó pasillo adelante arrastrando el tambor de polvo lavador—. ¿Cuánto he ganado? ¡Qué ilusión me hace!

—Bonita cocina. Sí, señor, muy bonita.

—¿Le gusta?

—Mucho.

Allí estaban los muebles uno al lado de otro, relucientes, limpios y demasiado caros y grandes para esa cocina tan pequeña. Saqué el mazo de letras devueltas y lo puse sobre la bien colocada encimera.

—¿Qué..., qué es esto? —balbuceó.

—Un año de falta de pago, señora. Debe usted exactamente doscientas veinticinco mil pesetas a Establecimientos Eladio.

El tambor de jabón limpiador Flasch, el que ilumina su ropa, cayó al suelo.

—¿Quién..., quién es usted? A mí me ha llamado de la SER un señor para decirme que había resultado agraciada con un premio si enseñaba jabón Flasch y cantaba el eslogan, no comprendo.

—No sé quién la ha llamado —mentí—. Soy un empleado de Ejecutivas Draper, una empresa que lleva los asuntos de Establecimientos Eladio. Ésta es su última oportunidad de pagar, señora. Si no paga, no tendré más remedio que llevarla al juzgado —mentí otra vez—. Lo que ha estado haciendo es un delito.

—Me han llamado hace un momento de la radio, dijeron que me había tocado, quiero decir, que si le enseñaba a alguien que iba a venir mi jabón Flasch me regalarían... ¿Sabe usted?, yo siempre utilizo Flasch, el que sale en la tele; pero, ¡oh, Dios mío, entonces no es usted de la radio!

—Ya se lo he dicho. —Otra mentira sobre la anterior—. Represento a Ejecutivas Draper —estuve a punto de decir: «Ejecutivas Draper para que no te escapes», pero me contuve—, y a Establecimientos Eladio, al que usted debe un año de letras, sin contar los intereses y las multas por demora. Bien, ¿paga o nos vamos al juzgado?

Empezó a llorar. El primer síntoma fue una creciente agitación en el abultado pecho y un rojo intenso en la cara. Lloraba como si hiciera gárgaras, pero no me recordó a mi madre. Mi madre no lloró nunca o, al menos, nunca la vi. La única vez que supe que había soltado lágrimas fue hace muchos años, una noche en que mi padre le comunicó que se había pulido el salario que conseguía como limpiabotas fijo en la cervecería Alemana en una farra con amigos. Mi madre lo miró fijamente durante unos instantes y dos lágrimas silenciosas resbalaron por sus mejillas. Rápidamente sacó un cuchillo de grandes dimensiones que llevaba oculto en sus ropas negras y le asestó un tajo. A mi padre se le quitó la borrachera al instante al ver cómo le manaba sangre del hombro. El cuchillo iba dirigido al corazón. A partir de entonces mi padre empezó a entregarle el sueldo entero a mi madre y a emborracharse con las propinas que conseguía.

—No llore más. No conseguirá nada. Y no intente decirme que su marido está en el paro, porque no es verdad. He investigado en el barrio. Su marido es fontanero y saca cuatro veces más que cuando curraba en Agromán, antes de que lo echasen por reestructuración de plantilla. Así que dígame qué ha hecho con el dinero de las letras.

—Para mi hija. —Hipó—. El ajuar de mi Loli, se va a casar y...

—Déjese de tonterías. Prepararle un ajuar a los hijos es un atraso. Luego no lo agradecen. Que se lo haga ella.

—Usted no comprende, yo...

—Lo único que yo entiendo, señora, es que si usted no paga irá a la cárcel y su marido tendrá que pagar, de todas formas. Nadie se librará de pagar. ¿Se da cuenta del panorama? Usted en la cárcel y su marido emborrachándose todos los días y trayendo aquí a los amigos para jugar a las cartas. Sin contar con que su Loli no se casará. ¿Qué yerno soportaría a una suegra en la cárcel de Yeserías?

Arreciaron los lloros.

—¿Cuánto le ha costado? —Miré la cocina atiborrada de armarios, paneles, pañitos, cortinas y abridores.

—Medio millón, es la mejor. Mi cocina... —Sollozó—.

La más cara, modelo Puerta de Hierro, horno microondas incorporado, control electrónico...

—Medio millón —murmuré—. ¿No le parece demasiado, señora?

—Se... se pueden asar pollos, mire. —Avanzó hasta las placas, apretó un botón y se iluminó el horno—. ¿Ve usted el sable para asar pollos? Un timbre para avisar, ¡ay, Jesús...! Con su reloj y todo.

—Una lástima, en Yeserías no podrá asar ningún pollo, ni necesitará timbres. Le pondrán un camisón de estameña y la soltarán en una celda llena de tortilleras. Habrá oído hablar de las cárceles de mujeres, ¿verdad? Son horrorosas, se cogen toda clase de vicios y enfermedades. En fin...

Suspiré. La mujer siguió llorando. Las lágrimas le caían por la cara con la facilidad y maestría que dan los largos entrenamientos.

—¡Ay, Jesús de mi corazón, ay, Jesucristo mío!

Decidí apretarle un poco más las tuercas.

—La veo en la cárcel, señora, y no será por culpa mía; me cae usted bien, me recuerda a mi madre, que en paz descanse.

—Pues tenga usted caridad, no quiero ir a la cárcel. Si se entera mi José de que no he pagado las letras... ¡Ay, madre mía! Él no lo sabe, se cree que ya están pagadas, ¿sabe usted? Y es que estuve ahorrando para mi Loli, se va a casar con un perito industrial, un chico majísimo. Mi José no lo sabe. ¡Ay, Jesús del Gran Poder, ay, Virgen Santa!

—Vamos a ver, señora, ¿cuánto tiene usted en el banco para su Loli?

Se le secaron las lágrimas de golpe.

—¿Cómo ha dicho?

—Que cuánto tiene en el banco.

—Ciento cincuenta.

—Debe de tener usted más, estoy seguro, pero voy a

hacer un trato con usted. Me recuerda usted a mi pobre madre. —Golpeé las letras con el puño—. Si me entrega ahora cien mil pesetas, sólo cien mil pesetas, le perdono las otras cien, los intereses y las cantidades de demora. No sé por qué lo hago, debo de estar loco.

—Cien —murmuró. Me di cuenta de cómo calculaba las ventajas y los inconvenientes.

—Sólo cien y usted no irá a la cárcel, su José no se emborrachará ni traerá a los amigotes a casa a jugar a las cartas y a escupir en el suelo, y su Loli se casará con un ajuar más modesto, pero al menos se casará, lo que ya es mucho pedir en estos tiempos. ¿Qué decide?

—Cien ahora y me perdona otras cien. —Parecía más calmada—. Tendré que ir al banco.

—La acompañaré.

—¿De verdad me las va a perdonar?

—Sí, pero dése prisa en decidirse porque me puedo arrepentir.

Hicimos el trayecto al banco en silencio y allí mismo, en el pequeño vestíbulo de la sucursal barriera, contó uno a uno cien billetes de mil pesetas y me los entregó. Yo le di todas las letras y un documento, firmado por Establecimientos Eladio, que cancelaba la deuda.

Hice el viaje de vuelta en taxi pensando que acababa de ganarme el primer salario después de casi un mes de verlas venir. De modo que para celebrarlo comí en un restaurante llamado Los Siete Jardines que se encuentra al final de San Vicente Ferrer muy cerca de la casa de Lola.

El restaurante es bastante fino, más caro de lo que estoy acostumbrado a pagar, pero merece la pena cuando se quiere celebrar algo. Lo regentan dos amigas, Alicia y María, *la Gallega*, que le gusta decir que muy bien podría haber sido actriz. Sólo estaba Alicia, que es una mujer alta que siempre se retuerce las manos al hablar. Me recomendó el bacalao. La camarera, una extremeña con aspecto de reina mora y que atiende por el nombre de Zoraida, me dijo que el vino blanco de Colmenar era bueno y no muy caro.

Cuando acabé de comer ya estaban abiertos los estancos y me compré un Montecristo del cuatro, un dispendio que me hizo pensar que no tenía por qué celebrar nada. Dándole vueltas a aquello tomé otro taxi hasta el despacho de Draper.

Le puse los cien billetes sobre la mesa y me palmeó la espalda como si ambos hubiésemos ganado una quiniela de catorce. Dijo que naturalmente tenía más trabajo para mí y me citó dos días después para algo importante.

Haciendo tiempo para las siete me tomé un café irlandés en El Nuevo Oliver, un lugar de intelectuales noctívagos a donde supuse que alguna vez debería de haber ido Luisito Robles.

Se lo pregunté a uno de los camareros y me dijo que don Luis Robles hacía bastante tiempo que no iba por allí. Al menos un año.

12

El portero del Rudolf Bar vestía como un domador de leones de circo austríaco. Las luces de la puerta le caían encima como una lluvia de oro y hacían que su sonrisa refulgiera como si estuviera pintada con purpurina. Lo saludé un poco antes de las siete y entré en el local alargado y amplio, atiborrado de hombres solos, vestidos como si el final del mundo estuviera cerca. Había mujeres, pero de las que tienen voz ronca, silicona y postizos.

Me senté en el único lugar vacío, pegado a una cascada artificial de luz verde que parecía caer del techo. Había fotos enmarcadas que no distinguí. Las que estaban a mi lado eran de un tal Tom de Finlandia, un *maromo* peludo y musculoso empeñado en mostrar su aparato, semejante a las mangueras del Ayuntamiento.

El camarero llevaba una blusa amplia.

—¿Qué desea, señor? —Pasó un trapo suavemente por la mesa.

—Gintonic y un platito de cacahuetes.

—¿Almendritas?

—Almendritas, da lo mismo.

Casi todos parecían conocerse entre sí. Abundaban los treintañeros, pero había algunos jovencitos lánguidos y viejos bujarrones de urinario público con el aspecto furtivo de los lobos montunos. Pero la mayoría eran hombres fuertes, de brazos inmensos y cinturas estrechas, héroes de gimnasios culturistas. Charlaban agarrándose mucho, creando una algarabía de mil demonios que ahogaba los chillidos de la música.

Me trajeron lo que había pedido y tomé un sorbo. Entonces se me acercó una mujer morena y de labios gruesos vestida con una larga falda abierta a los lados y una camisa escotada. El cabello negro le llegaba a la cintura.

Cuando se sentó a mi lado le noté el rasurado de la cara. Tampoco disimuló su voz ronca.

—No hay que estar tan solo, amor —dijo.

—Tienes razón.

—¿Qué bebes?

—Gintonic.

—¿Me invitas a algo?

—Sí, hija. Pide lo que quieras.

Llamé al del blusón que acudió al trote.

—Un *cuantró* con hielo, Fernan. —Se dirigió a mí—: Me encanta el *cuantró*. Deja un gusto muy bueno para besar.

Soltó una carcajada y el camarero se marchó con una pequeña reverencia. Apoyó los codos en mi mesa. Tenía los brazos fuertes, acostumbrados al trabajo.

—¿Vienes mucho por aquí?

—La primera vez.

—Ya lo decía yo. Aquí somos todos muy amigos. Como una panda, ¿sabes? Pero hay veces que una echa de menos conocer a alguien nuevo. No sé si me entiendes. ¿Puedo cogerte una almendrita? —Cogió un puñado y se las echó todas a la boca. Las trituró con fruición—. Me llamo Amanda, ¿y tú?

—Toni.

—¿Toni? Me encanta.

—Pues ya lo ves. Yo siempre he creído que era un nombre más bien vulgar.

—Según quién lo lleve. A ti te pega mucho el nombre, se ve que tienes personalidad.

Miré el reloj. Paulino se estaba retrasando.

—¿Esperas a alguien?

—A un amigo.

—Ya.

Se volcó lo que quedaba del plato de almendras en una de sus ásperas manos y volvió a roerlas. El camarero le trajo el vaso y ella tomó un largo sorbo. Se relamió los labios.

—¡Umm, qué rico! Dime, amor, ¿te ha recomendado esto tu amigo?

—Sí.

—A lo mejor lo conozco, ¿cómo se llama?

—Paulino.

—¿Paulino? ¡No me digas que eres amigo de Paulino!

—Pues sí, hija. ¿Qué te ocurre?

—Nada. Que es el dueño. O sea, que vienes a las cartas, ¿no?

—Digamos que una carta tiene que ver.

—Pues suele venir sobre estas horas. —Hizo un dengue con la cabeza y se echó el pelo hacia atrás. Era una peluca barata—. Yo no me hablo con él. Es un asqueroso... ¿Ves a esa de ahí? —Señaló con el dedo a una mujer delgada que vestía un pantalón de terciopelo negro—. Pues es su novia, la Vanesa. Antes éramos amigas, muy amigas, ya ves. Pero desde que se fue con el Paulino... Yo le dije: para sufrir ya está la vida, una no tiene por qué. ¿No te parece?

—Tienes razón.

La llamada Vanesa tenía una cara afilada y confusa, labios finos y cejas disparadas hacia arriba. Se cardaba el pelo como Brigitte Bardot.

—El Paulino es muy cabrón. —Suspiró y se bebió el vaso de golpe. Me colocó una mano en la bragueta—. ¿Nos vamos arriba, cariño?

—Vas muy deprisa, Amanda, hija.

—Te voy a volver loco de amor. Ya verás, anda ven.

—Amandita...

—Qué, amor.

—Ponte la manita en las narices, anda. Pero no te enfades. Es que soy muy tímido.

—Me gustas, de verdad. ¿No quieres que nos vayamos arriba un ratito? Va a ser muy agradable.

—No lo dudo, pero he quedado aquí con Paulino. Compréndelo. Tómate otro *cuantró*.

—Ay, muchas gracias, amor. —Llamó a voces al camarero que estaba en la otra punta de la sala iniciando unos pasos de baile con un tío barrigón y barbudo—. Muchas gracias, no sabes lo roñosos que son aquí.

El del blusón llegó desmadejado.

—Otro *cuantró*, Fernan. —El camarero me miró—. Lo paga él, corre y tráemelo.

—Oye, Amandita, hija, ¿sabes si el Paulino venía por aquí con un amigo suyo, alto, guapo...?

—Don Luis.

—Ése. Dime, ¿venían mucho?

—Casi todas las noches. Ya sabes cómo es el Paulino, sin la baraja no puede vivir.

Me acordé de pronto. A Paulino lo llamábamos *el Timbas*. Nadie le ganaba al póquer.

—Oye, ¿dónde jugaban a las cartas?

—Allí. —Me señaló una cortina malva, espesa, que llegaba hasta el suelo—. En su despacho. Se tiraban toda la noche dándole a las cartas y emborrachándose. A mí no me van los hombres que se emborrachan, me dan asco. ¿Y a ti?

—A mí también.

Llegó el del blusón con otro *cuantró* y lo dejó al lado de Amanda. El barrigón de barbas ya lo estaba esperando. Se atizó otro trago de los suyos. Dejó el vaso por la mitad.

—¿Eres muy amigo de Paulino?

—Conocidos.

—No se preocupa del negocio y lo está echando a perder, pero la culpa es de Vanesa. Antes daba gusto venir aquí.

—¿Sólo jugaban a las cartas?

—Bueno, don Luis alternaba un poco. Es muy rumboso, muy caballero él. Se emborrachaba, pero no se pasaba. Un día me regaló una botella de *cuantró*, fíjate... Hace días que no viene. —Soltó otra de sus carcajadas—. Se juntaba con Paulino, otro amigo suyo que lo llaman *el Loco* y el encargado, *el Mononcle*; y se tiraban las horas dándole a las cartas, fíjate tú qué diversión.

—Parece que hoy no vienen —le dije, echándole un vistazo al reloj.

—Estará con los camiones.

—¿Qué camiones?

—¿No sabes lo de los camiones? Muchas veces falta por los viajes... —Me miró fijamente—. ¿Oye, qué clase de amigo eres tú que no sabes que Paulino tiene un negocio de camiones? ¿No serás de la *bofia*, verdad?

—No digas tonterías. —Me colocó la mano en la rodilla y adelantó el cuerpo.

—A mí no me gusta cualquiera.

—Enseguida me he dado cuenta.

—Cariño, te voy a volver loco de amor, anda. Tres billetitos.

—Deja las manos tranquilas.

—Si te vienes ahora te cobro dos *taleguitos*, venga.

—No.

—Pues invítame a otro *cuantró*.

—Amandita, eres muy sensible, muy buena chica, pero otro *cuantró* me parece un abuso. ¿No crees?

Amanda se distrajo mirando a dos que se besaban como si mataran mutuamente hormigas en sus bocas.

—No puedo estar aquí sin tomar nada. De verdad.

—Pide un vasito de agua.

Se levantó y se arregló las faldas sobre las escurridas caderas. La silicona, el relleno y las hormonas le habían moldeado unos pechos de patrona de pensión. Con el pico de la lengua se relamió los labios.

—Suelo estar en el Tánger, es de mi cuñado. Yo vengo aquí a ver a los amigos. No soy una cualquiera. Lo que pasa es que necesito dinero para operarme, pero yo no me vendo.

—Lo sé, Amandita.

Dio media vuelta con la dignidad de un pasodoble y se fue al mostrador a abrazar a otros tipos. Saboreé lentamente mi único gintonic hasta que dieron las diez de la noche y me cansé de contemplar el espectáculo. Pagué y salí fuera.

13

En la calle había dos hombres esperándome. Uno de ellos era alto y grande, pero con las piernas cortas. Tenía el aspecto de un barril de cerveza. Se distribuía con mucho arte unos cuantos pelos rubios en su enorme cabeza. El otro era flaco y espigado, elegante en su abrigo azul. Abría y cerraba las manos como si atrapara moscas y tenía el rostro helado y desvaído. Lo reconocí. Era Delbó. Acompañó a Luis Robles a mi casa aquella mañana.

Ninguno de los dos parecía amigo mío.

El de las piernas cortas me agarró del brazo.

—¿Señor Carpintero? Queremos hablar con usted. —Hice un movimiento para deshacerme de la mano, pero fue inútil, parecía una bolsa de agua caliente—. Un minuto nada más.

—Lo siento pero no hablo con desconocidos. Nunca se sabe.

El del abrigo azul se acercó despacio.

—Doña Hortensia quiere hablar con usted, señor Carpintero. ¿Tiene la bondad?

Señaló un enorme Mercedes gris, aparcado en la acera de enfrente.

—¿Quién es doña Hortensia? ¿Trabaja en el Rudolf? Me parece que no la conozco.

La cara inmóvil del tipo del abrigo azul comenzó a moverse. Las aletas de la nariz se le distendieron y sus finos labios se agitaron imperceptiblemente.

—Es la suegra de don Luis —dijo en un susurro.

—Tendré mucho gusto en hablar con ella.

El de las piernas cortas seguía sin soltarme el brazo.

—¿Le importaría? —le dije.

—Sorli —ordenó Delbó y el tipo me soltó.

—Muy amable. —Me froté el brazo. Lo tenía entumecido.

Cruzamos la calle. El de las piernas cortas, llamado Sorli, me abrió la puerta trasera y aguardó a que yo entrara para cerrar. Después se sentó en el asiento del conductor.

La madre de Cristina fumaba un cigarrillo y el olor a tabaco fino se mezclaba con el de un discreto perfume. Estaba retrepada en el asiento, con las piernas cruzadas y ni siquiera me miró. Llevaba un chaquetón de piel blanca sobre un vestido negro muy corto que le mostraba más allá de las rodillas. Una especie de turbante blanco le cubría la cabeza y un collar de perlas, gordas como los sueños de una *vedette*, refulgían en su cuello.

Se conservaba con la piel tersa y sin mácula. La pierna que veía balancearse suavemente era la de una bailarina de ballet.

El coche tenía una separación de cristales entre los asientos. Delbó los descorrió y se asomó.

—Cuando usted quiera, doña Hortensia —dijo, y la mujer se volvió lentamente a mirarme.

—Si me lo permite, lo llevaremos hasta su casa. ¿Dónde vive?

—Lo sabéis todo —respondí—. Sabéis también dónde suelo ir a tomar copas y cuáles son mis platos preferidos. ¿Queréis saber también cuál es mi talla de chaqueta o ya la sabéis?

—A su casa, Delbó, por favor.

El del abrigo azul cerró los cristales y el coche se puso en marcha. Apenas si sentí un leve ronroneo. Sorli conducía muy bien.

—Disculpe esta forma de encontrarnos, pero tengo una cita esta noche y tengo prisa. No quisiera demorar más el aclararle algunos puntos, señor... Carpintero. —Permanecí en silencio. Dejé que ella lo dijera todo. Continuó—: No me gustan los circunloquios, de manera que voy a hablarle muy claramente. Mi hija está muy afectada por la muerte de Luis, todos lo estamos. Luis siempre fue... un poco inestable, diría yo. Un excelente economista, pero con demasiados sueños en la cabeza. Mi hija es igual, señor Carpintero. —Clavó sus ojos en mí. Seguí sin decirle nada—. Un poco loca, de reacciones extrañas. Anoche estuvo con usted y le hizo una serie de estúpidas confidencias, de desvaríos lógicos en una mujer que ha sufrido demasiado tiempo un matrimonio infeliz. ¿Me está comprendiendo, señor Carpintero?

—Se explica usted muy bien.

Asintió con la cabeza y arrojó la ceniza del cigarrillo al suelo. Alguien la recogería después.

—Se ha criado sin padre y yo he trabajado mucho para salir adelante. Ha sido muy duro, muy duro. —Bajó la voz—: Y creo que he descuidado su educación. Ahora no tiene remedio; Cristina hace ya mucho tiempo que es una mujer hecha y derecha y con responsabilidades. Todos hemos trabajado mucho y ella no se ha quedado atrás. Ha sabido siempre estar a la altura de sus obligaciones, pero ayer cometió un error imperdonable al ir a su casa. Ella me lo ha contado todo, estamos muy unidas, señor Carpintero, muy unidas. Ella es lo único que tengo.

—Aparte de sus empresas, ¿no es verdad?

Aplastó el cigarrillo en el cenicero y se volvió ligeramente hacia mí. La falda subió hasta medio muslo. Habló como si escupiera las palabras:

—Es usted vulgar, muy vulgar. Espero que no se haya hecho ninguna ilusión descabellada con mi hija.

—Es usted el tipo de madre que cualquier hombre soñaría tener como suegra. Y le diré otra cosa: ustedes no me importan nada. Me importaba Luis, el marido de su hija. Eso es todo.

Se echó hacia delante en el asiento y después hacia atrás con fuerza. Apretó las manos en el regazo.

—No tolero que me insulte.

—Usted es quien me está insultando. ¿Es todo lo que quería decirme?

La respiración le inflaba el pecho. Se fue calmando poco a poco. Se movió hacia su ventanilla, como si no pudiésemos respirar el mismo aire. Volvió a hablarme con lentitud, sin mirarme.

—Olvídese de esa loca teoría de que tiene que investigar no sé qué historias sobre el pobre Luis. —Giró la cabeza, sus ojos parecían anzuelos mojados—. Si necesitásemos una investigación, que no la necesitamos, acudiríamos a la policía y no a usted. ¿De acuerdo?

—¿Por qué no me dice esto su hija?

—Mi hija está muy ocupada. Se lo digo yo. ¿Está claro? Olvídese de lo que ocurrió entre los dos y ocúpese de sus asuntos.

El coche atravesó la Puerta del Sol y subió por Carretas. En la plaza de Benavente torció a la derecha por Atocha, hasta la plaza de Santa Cruz.

Bajó por la calle de Esparteros y se detuvo frente a la puerta de mi casa. Ella miraba por la ventanilla. Di la vuelta al coche. El barril de cerveza vino a mi encuentro.

Volvió a agarrarme del brazo.

—Por las buenas es mejor, ¿lo comprendes? Y puedes quedarte con la pasta de recuerdo —me dijo.

Delbó no me dijo adiós, sólo me miró un buen rato.

El tráfico se tragó el automóvil un poco más abajo. Y eso fue lo último que vi.

14

Era la tercera vez que llamaba esa mañana y la misma voz me contestaba lo mismo.

—Lo siento, pero la señora no se encuentra en casa. ¿De parte de quién, por favor?

—Antonio Carpintero.

—¿Quiere dejar algún recado?

—Sí, dígale a la señora Robles que como no quiere ponerse al teléfono me va a obligar a que vaya a verla. No se olvide del recado.

Dudó unos instantes.

—Sí... sí, se lo diré.

Colgó y yo me retrepé en el sofá. Los dos balcones estaban abiertos y dejaban entrar el sucio sol del mediodía y los ruidos de la calle. Encendí despacio una Farias.

A los pocos minutos sonó el teléfono. Dejé que repicara cinco veces antes de descolgarlo y ponérmelo al oído.

—¿Sí?

—¿Qué quieres? —Su voz tenía un leve tono despectivo.

—Nada importante. Hablar contigo.

—¡Dios santo! —exclamó—. ¿Te has creído que somos novios?

—Aún no tengo edad para andar con novias —repliqué.

—Quédate con el dinero que te di, hombre, y no te preocupes más; te prometo que te llamaré cualquier otro día. Ahora estoy muy ocupada. Preparamos una campaña publicitaria muy importante. ¿De acuerdo, Toni?

—Luis ya no estaba nervioso, ¿verdad? Ni preocupado, ni nadie le chantajeaba. ¿Es eso lo que estás intentando decirme?

Hubo unos instantes de silencio antes de que contestara. Su voz se deslizaba hasta mí como el agua de un desagüe.

—Estaba muy afectada, exageré mucho, me pasé. Debió de ser esa ginebra que tienes. Lo siento. Sé que debí llamarte yo misma, pero mi madre..., ya sabes cómo son las madres.

—Escúchame con atención, Cristina. Tengo algo aquí que no es mío y que no me gusta conservar. Voy a devolvértelo. Dime cuándo podemos vernos.

Escuché un suspiro.

—Está bien. Pasado mañana estaré en nuestro supermercado de la calle Toledo toda la tarde. Acércate por allí sobre la seis. ¿Vale?

Iba a decirle que sí cuando colgó.

15

Que yo supiera, en Madrid había dos bares con el nombre de Tánger. Uno estaba en el barrio de San Blas, cerca de un cine. El taxi me costó seiscientas pesetas. Era un bar de barrio especializado en pinchitos morunos y allí nadie había oído hablar de una chica llamada Amanda. El otro se encontraba en la calle del Barco al lado de un restaurante chino llamado Shanghai, y no me hizo falta preguntar nada. A través de los cristales vi a Amanda inclinada detrás del mostrador.

Era un bar pequeño y alargado, pintado de rosa y azul, que imitaba lo árabe con unos cuantos dibujos y fotografías de odaliscas y cabalgadas de camellos.

Me senté en uno de los taburetes de madera del solitario mostrador y Amanda levantó los ojos del fregadero. Vestía una blusa azul remangada hasta los codos y se había colocado otra peluca.

—Café solo, por favor.

Me miró fugazmente, bajó los ojos y sacó las manos del agua. Comenzó a secárselas lentamente con un trapo.

—¿Qué tal? —le sonreí.

—Ya ves.

—¿Qué tal anoche?

Se encogió de hombros.

—Como siempre.

Me puso delante el platillo con la cucharita y el azúcar y le contemplé la espalda. Se le notaba la cinta del sujetador.

Terminó de hacerme el café. Era un mal café. Demasiada achicoria. Encendí un purito pequeño.

—¿Volvió Paulino anoche?

Tardó en responderme. Me miró y apartó los ojos.

—No.

Siguió lavando los vasos.

—Hace muchos años que no veo a Paulino, Amanda, y tengo que hablar con él. Dime dónde puedo encontrarlo.

—¡Y a mí qué me cuentas! —gritó—. ¿Por qué no se lo preguntas a Vanesa, eh? ¿Por qué no se lo preguntas a ella? Yo no tengo nada que ver con ese asqueroso.

—Ya sé que no tienes nada que ver con Paulino, Amandita, pero es que no sé dónde encontrar a Vanesa y me urge mucho hablar con mi amigo.

—Pues mira, vete esta noche al Rudolf y allí la encontrarás.

—Amandita, cariño, me gustaría ver a Paulino ahora.

—Yo no sé nada, pregúntale a esa golfa de Vanesa. —Apretó la boca y siguió fregando vasos con furia—. A partir de las doce de la noche hace la calle frente a Riscal... Déjame en paz.

Intenté la mejor de mis sonrisas.

—Vamos, Amandita, no seas mala, ¿dónde tiene Paulino la empresa de camiones?

—¡He dicho que me dejes en paz! ¿Cómo quieres que te diga que me dejes en paz, imbécil? ¿Eh, cómo quieres que te lo diga?

Volví la cara. Un sujeto alto salió de la cocina frotándose las manos. Tenía la nariz aplastada y restos de cicatrices de viruela en la cara. Parecía norteafricano. El pelo rizado y crespo le nacía casi desde las cejas que recordaban a un murciélago aplastado. Vestía una camiseta blanca, sucia, y era tan alto como ancho. Los pectorales se le notaban como dos enormes panes de a kilo.

Se acercó despacio, rodeando el mostrador y con esa media sonrisa que poseen los chuletas de gimnasio. Debía de ser el rey de ellos. Cruzó los brazos sobre el pecho. Nunca vi unos bíceps como aquéllos.

Me bajé del taburete.

—¿Ocurre algo, Amanda? —dijo, sin quitarme la vista de encima.

—Este imbécil me está molestando.

—Somos amigos —dije yo, otra vez con mi sonrisa y dejé el purito en el platillo del café—. No pasa nada. Quizás Amandita haya tenido una mala noche. Estaba preguntando por otro amigo común.

Siguió en la misma posición.

—Vete de aquí o te suelto un guantazo, tío mierda.

Suspiré.

—Dáselo, Karim, pégale un guantazo. —A Amandita le brillaban los ojos—. Me ha estado molestando todo el rato.

—No merece la pena a estas horas —dije yo y di lentamente un paso atrás.

Aquello me salvó de quedarme cojo. El del pelo rizado se torció ligeramente y movió las caderas como un resorte. No vi su pie. Me golpeó a un lado de la rodilla, escuché un sordo crujido y caí al suelo como un pelele. Si no hubiese retrocedido me hubiese partido la pierna. Conseguí ponerme en pie.

Tampoco vi el segundo golpe con el tacón izquierdo. Iba dirigido de molinete a mi mandíbula. Me alcanzó en el hombro y volvió a tirarme al suelo. Intenté levantarme, pero mi pierna derecha no me sostuvo.

El del pelo rizado seguía con la media sonrisa. Se había colocado en la posición del karateca: las piernas abiertas y los brazos en guardia.

Amandita soltó una risa cascada. Aplaudió.

—¡Dale, Karim, dale!

Pude ponerme en pie. Flexioné la rodilla. Sentía un horno en mi cara. Me quité la chaqueta despacio y la coloqué sobre la mesa. Al llamado Karim le relampaguearon los ojos y yo apreté los dientes. Entonces me acordé de lo que nos aconsejaba mi antiguo preparador Ricardo, *el Tigre de Atocha*.

Me relajé. El odio se fue desinflando. Lo miré como si estuviera dibujado en la pared y seguí flexionando la pierna sin dejar de observarle.

—¡Te va a matar, es cinturón negro! —Amandita se asomó al mostrador y volvió a aplaudir—. ¡Qué maravilla!

—Anda, pídele perdón a Amanda y podrás marcharte. Tengo mucho que hacer, ¿sabes?

Volví a sentir calor en la cara. Un calor insoportable.

—Voy a zurrarte, muchacho. No tienes educación. Eres un pobre mierda, peor que un perro. ¿Lo has entendido, hijo de puta?

Dio un grito horroroso y saltó hacia mí con la pierna extendida. En el gimnasio le hubieran dado un diez. Un ejercicio perfecto. Pero en una habitación tan pequeña, no. No podría volver a girar con la suficiente rapidez.

Yo, en cambio, me moví hacia la izquierda rotando el cuerpo y su pierna silbó sobre mi oreja. Antes de que llegara al suelo le hundí los dos dedos en los ojos. Lanzó un grito agudo. Eso no me lo había enseñado el Tigre de Atocha, eso lo aprendí en la calle.

Vi cómo la sangre le brotaba de los globos oculares y

cómo se tapaba la cara en un gesto instintivo de supervivencia que ningún hombre puede evitar. Gritaba. Un grito tras otro.

Le di una patada en la entrepierna. Una patada medida y certera que lo derrumbó de rodillas. Entonces calculé la trayectoria y le di otra patada en la sien izquierda y me aparté para que cayera. Lo hizo como un saco. Se quedó yerto.

Me acerqué despacio al mostrador. Amandita estaba pálida, apoyada en las estanterías de botellas con una mano apretada en la boca y los ojos a punto de salírsele de las órbitas.

—¡No, no, por favor! —sollozó.

Alargué la mano y la cogí de la blusa.

—¿Dónde? —le pregunté.

—Se... se llama Transportes Los Pardales, en avenida Virgen de África, en Carabanchel Bajo. No tiene pérdida, está al final de la calle...

La solté.

—Gracias, Amandita.

Me miró con asombro.

—De... de nada.

Le di un bofetón con la mano abierta. Tiró los vasos y algunas botellas y se quedó sentada en el suelo entre cristales.

Me puse la chaqueta y me arreglé la camisa. Karim vomitaba a estertores con las manos sobre los ojos.

El vómito era verde y espeso.

16

Transportes Los Pardales parecía un negocio próspero. La cochera era inmensa, llena de ruidos y de hombres que se afanaban alrededor de los grandes camiones. Me acerqué a un sujeto flaco que comía un bocadillo despacio, como si rumiara, apoyado en la pared.

—Quisiera hablar con Paulino —le dije.

—¿El jefe?

—Sí, ¿sabe dónde está?

Negó con la cabeza.

—No lo he visto hoy, pero puede preguntar a su hermano Heliodoro. Está en la oficina. —Me señaló una puerta con el bocadillo—. Vaya por ahí, atraviese el descampado y mire a ver si está en la oficina.

Le di las gracias, rodeé un enorme camión que estaba siendo reparado por dos mecánicos, abrí la puerta del garaje y salí al descampado. Era un cementerio de chatarra retorcida y amontonada. Había cabinas de camiones, restos de autobuses y chasis de automóviles. Caminé por un sendero formado por los detritus de hierro hacia una casamata de paredes grises situada en el centro de aquel maremágnum.

Caminaba con cierta dificultad, debido a mi pierna derecha que se estaba hinchando cada vez más. Escuché unos golpes rítmicos y metálicos. Como si alguien golpeara hierro.

En la puerta de la casamata un individuo bajito, casi enano, martilleaba con fuerza un coche sin ruedas. Vestía un pantalón azul y jersey de cremallera del mismo color. El martillo era más alto que él y más grueso que su propia cabeza.

—¡Eh, oiga! —lo llamé—. Busco a Paulino.

Pareció no haberme oído. Descargaba un golpe, tomaba impulso y lo volvía a descargar poniéndose de puntillas. Me acerqué un poco más. Era delgado, pero los brazos los tenía extraordinariamente gruesos y largos. Le llegaban más abajo de las rodillas. De cerca parecía una araña.

—¿Está Paulino? —grité.

Nada. Tomó impulso y lanzó el martillo contra el techo del coche. Lo rompió. El sonido fue estridente. El martillo describió una curva sobre su cabeza y volvió a caer sobre la chapa. Como una máquina. Ni siquiera tomaba aliento o se limpiaba el sudor.

Me apoyé en mi pierna sana y encendí un cigarrillo. Tenía hambre, estaba cansado y necesitaba friccionarme la rodilla.

—Perdone que lo interrumpa. —Le di unos golpecitos en el hombro—. ¿Está Paulino?

El enano inmovilizó el martillo sobre su cabeza, como si se tratara de un ramo de flores y dio la vuelta lentamente. Tenía la cara cubierta de arruguitas. Una cara apergaminada y seca. Sus ojos eran glaucos y fríos, con tanta vida como los charcos de agua que deja la lluvia nocturna.

Me observó unos instantes. El martillo comenzó a moverse, primero lentamente, y, de pronto, rápidamente y en mi dirección. Me eché a un lado.

—¡Eh, oiga! ¿Qué hace?

El martillo se hundió en el suelo, justo en el lugar que acababa de dejar. El enano volvió a alzarlo sobre su cabeza, avanzó unos pasos y lo lanzó sobre mí.

—¡Escuche un momento...! ¡Oiga, aguarde!

Di un salto hacia atrás. El martillo produjo un sonido sordo en el suelo. El enano no parecía darse por enterado. Siguió avanzando despacio, sin dejar de observarme con sus ojillos. Levantó de nuevo la pesada maza. Avanzó unos pasos. Seguía serio, ensimismado.

Retrocedí hacia la puerta de la casamata.

—No me he traído cacahuetes, pero a lo mejor fumas de los míos. —Saqué el paquete de cigarrillos y se lo tendí—. ¿Un cigarrito?

Di otro salto. La maza mordió el suelo. Miré en todas direcciones. No se veía a nadie, ni a nada, excepto los esqueletos de los vehículos y los lejanos ruidos de la calle. Caminé hacia atrás y llegué hasta la puerta de la casamata. Ya no podía ir a ningún sitio. Me agaché y cogí una piedra más grande que mi puño. La agarré con fuerza.

El enano volvió a prepararse. Tomé puntería y entonces se abrió la puerta. Tuve que echarme a un lado.

—¿Qué ocurre aquí?

Era un hombre grande, vestido con una pelliza de cuero y una papada que se dividía en tres. Devoraba un bocadillo, que por el olor deduje que era de caballa en escabeche. El aceite le resbalaba por la barbilla y se perdía entre los pliegues de grasa de las papadas. Lo reconocí. Era el tipo que me llevó el aviso de Paulino al Viva la Pepa.

El enano detuvo el martillo sobre su cabeza.

—Se cree que soy un clavo. —Señalé al enano—. ¿Por qué no lo tienen con una cadenita?

—¿Otra vez, Indalecio? ¿Por qué has vuelto a hacerlo, eh? Eso no lo hacen los niños buenos. —El enano bajó la maza y miró al de la pelliza con sus ojos alelados. El hombre continuó—: Como lo vuelvas a hacer te quedas sin ver el *Un, Dos, Tres*, te lo juro, Indalecio, que me estás jodiendo ya. —Dio un mordisco al bocadillo y más aceite bajó por su barbilla. Habló con la boca llena—. Vete a jugar con el coche, venga.

El enano arrastró el martillo con desgana hasta el automóvil destrozado y continuó golpeándolo rítmicamente. Tiré la piedra.

El del bocadillo se recostó en la puerta.

—¡Pobrecito! —exclamó sin mirarme—. Ahí donde lo ve usted era el chico más listo de la escuela, pero le dio un viento, o algo así, y ahí lo tiene. Es lo único que hace, romper coches. Se tira el día entero.

—¿Antes era el más listo de la escuela? —dije yo—. ¿De qué escuela?

Se volvió. Fue a hablar y frunció sus espesas cejas.

—¿Oiga, usted no es...?

—El mismo, Antonio Carpintero. Ayer me entregó usted una carta de Paulino. ¿Se acuerda?

—Sí, sí. —Asintió con la cabeza—. Me acuerdo, me acuerdo..., ya lo creo.

—Ajá, menos mal que hay alguien listo en la familia.

Movió la cabeza.

—Tengo buena memoria. —Me miró fijamente—. ¿Qué quiere usted?

—Me gustaría hablar con Paulino. Ayer no fue a la cita.

—No está.

—¿Sabe dónde puedo encontrarlo? ¿Le ha dicho algo?

Probablemente eran demasiadas preguntas seguidas. Tragó sin masticar y volvió a mirarme con el resto del bocadillo en la mano sin saber qué decir.

—¿Podemos pasar dentro? —Señalé la casamata—. Así podremos hablar mejor.

—Sí, claro —respondió—. Ya lo creo. —Se apartó a un lado y me dejó sitio—. Pase usted, señor Car... Car...

—Carpintero, pero todo el mundo me llama Toni —dije, entrando al local. El del bocadillo pasó después y cerró la puerta. Los furiosos golpes del enano se escuchaban amortiguados.

Era una sala de unos treinta metros ocupada por seis mesas de oficina apretujadas y cubiertas de papeles. En las paredes había ficheros grises y, en un rincón, una nevera de cuando el cantón de Cartagena.

El del bocadillo se sentó tras una de las mesas y continuó dándole mordiscos al pan con caballa. Yo me senté enfrente.

—Así que usted es Carpintero, ¿no?

—Llámame Toni.

—Bueno, Toni, nosotros no necesitamos a ningún carpintero, ¿comprende? Las chapuzas las hacemos mi hermano Paulino y yo. Se nos dan muy bien.

Encendí otro cigarrillo. Aquélla iba a ser una conversación fructífera. Decidí dejar correr la alusión a lo que yo me dedicaba.

—¿Cómo te llamas?

—Heliodoro, pero todos me llaman Doro.

—¿Todos?

Abarcó el local con las manos.

—Todos, en la oficina.

—Dime, Doro, ¿sabes si le ocurre algo a tu hermano Paulino?

Puso cara de no entender nada.

—¿Ha tenido un accidente?

—No creo. Pero es que ayer no fue a la cita que teníamos en el Rudolf y pensé que tú sabrías algo. ¿Te acuerdas que me llevaste una carta de él?

Tardó en responder.

—Sí, me acuerdo.

—Pues eso.

—¿Qué?

—¡Santo cielo!

—¿Le pasa algo? ¿Tiene flato? Si quiere echar algún gas, está en confianza. Yo siempre digo que es mejor perder un amigo que no un intestino. ¿Gusta? —Me ofreció caballa.

—No, gracias.

—Ande, trinque un poco. Está cojonudo.

—No, gracias. ¿Dónde puedo encontrar a Paulino?

—Menudo está hecho el Paulino. ¿Y usted qué hace, muebles, ventanas?

—Aparadores.

—¡Ah!

—Aparadores con música.

—¡Coño!

—Cuando se abren, suena *El Gato Montés*.

—¡Anda! —Entrecerró los ojos—. ¿Y son caros?

—Chupados.

—¿Por cuánto saldría uno?

—Unos sesenta duros.

Dejó de comer. El Indalecio continuaba fuera golpeando la chapa. Era como un metrónomo. Podía uno volverse loco escuchando aquello tan seguido. Se me ocurrió pensar que a lo mejor a Doro le había ocurrido algo parecido.

—¿Puede hacerme un par de ellos? Los quiero con *España cañí*, ¿puede ser?

—Ésos son más caros.

Volvió a morder el bocata y lo estuvo rumiando un buen rato. Apagué el cigarrillo en el suelo.

—¿Cuánto de caros? —dijo al fin.

—Mira, Doro, yo lo que quiero es ver a tu hermano Paulino y me parece que nos estamos desviando del tema. Dime dónde está y yo te hago todos los aparadores que quieras.

—Subo hasta cien duros, ¿vale?

—De acuerdo, cien duros por aparador.

Se retrepó en su asiento. El último trozo de pan untado en aceite desapareció en su garganta y cerró sus ojillos como si pensara intensamente. El eructo resonó en el cuarto.

—Qué a gusto me he quedado.

—Que aproveche.

—Gracias... ¿Oiga, cuándo me podrá hacer los aparadores?

—En cuanto vea a tu hermano.

—Se puede tirar tres días sin aparecer por aquí. —Me guiñó un ojo—. Es más jodío el Paulino...

—Con la novia, ¿no?

Frunció la boca.

—Hace muchos viajes a Portugal con el Pegaso grande —se rascó la grasienta papada—, pero esta vez no se ha llevado el camión.

—A lo mejor ha cogido otro, ¿no?

—No, siempre coge el mismo. Son unos trabajillos especiales que hace él. Tres días se tira de viaje.

—Y no se ha llevado el Pegaso grande, ¿verdad?

Negó, moviendo la cabeza con fuerza.

—Pero a lo mejor...

—A lo mejor, ¿qué?

—Bueno, verá... —Volvió a rascarse la papada—. Tiene un piso, ¿sabe? Un pisito de ésos, ¿no? Y allí..., bueno, que algunas veces se va a su piso y desaparece también unos días. Pero nadie sabe dónde tiene el piso. Ni yo mismo. —Me enseñó los dientes sucios—. Pero...

—¿Qué?

—Pues eso... que tiene un piso... —Me clavó los ojos—. Una vez... o sea, una vez le escuché decir que desde el balcón se podía ver la plaza del Dos de Mayo. Al Paulino le gusta mucho esa plaza y... bueno... o sea, que me parece que me dijo un día que estaba al lado de un bar que le llaman... que le llaman...

—Haz memoria, Doro, por tu madre.

—No me acuerdo.

—Vaya por Dios.

—Espere... —Frunció la boca y se frotó la frente—. Espere un momento que me acuerde... El Maragato, sí, El Maragato. Eso me dijo..., que hay aquí un muchacho que me dijo que es donde hacen las mejores tortillas de patatas con cebolla y él dijo que era verdad, que iba allí mucho y que le preparaban unas tortillas...

—El Maragato —dije yo—. ¿Estás seguro, Doro?

—Sí.

Me levanté.

—Gracias, Doro, te voy a hacer unos aparadores con la sexta de Beethoven.

—No, con *España cañí*. Habíamos quedado en eso, no fastidie usted.

—De acuerdo.

Salí al descampado y el enano continuaba golpeando la chapa del coche. Ya se había convertido en un montón informe de chatarra.

17

El Maragato estaba en la misma plaza del Dos de Mayo, frente al quiosco de Paco. Era un bar pequeño, pintado de morado y cerrado con una cadena. Un cartel estaba fijado con chinchetas a la puerta: «Los miércoles cerrado por descanso del personal.»

Me tomé un bocadillo de tortilla y un botellín de cerveza en el quiosco de Paco. Cuando el cuchitril que llamábamos comisaría estaba en la calle de La Luna, acudíamos al quiosco de Paco a tomar café y cerveza. El Grupo Operativo, que entonces mandaba Mellada, se reunía también aquí a diario a jugar su partida de mus.

Pero desde entonces ha pasado mucho tiempo. El barrio de Maravillas se ha ido llenando de modernos, camellos y jóvenes profesionales que no quieren vivir en Parla ni en Fuenlabrada y ya no sé adónde van los del Grupo de la nueva Comisaría de Centro del moderno edificio de la calle de la Luna. Por aquel entonces éramos diez en un cuartucho sin ventilación y ahora tengo entendido que son más de cuarenta y que incluso cuentan con varios coches camuflados con radioteléfonos.

Paco no me reconoció. Yo debía de ser uno de tantos que van por allí a comprar coca o heroína. O quizás un bujarrón viejo a la busca de chiquitos flacos con ganas de ganarse su papelina de caballo.

Al fondo del quiosco, cuatro jubilados hacían mucho ruido jugando a las cartas y Paco veía la televisión portátil en blanco y negro. Estaba más calvo, con el pelo blanco, pero no había engordado. Probablemente era yo el que había cambiado. Recordé que durante mucho tiempo conservó clavado en la pared el cartel de una velada en el Frontón Madrid donde le gané a los puntos al italiano Mendocci, un segunda serie que entonces prometía mucho.

Pedí un café y una Farias y entonces entró un sujeto en el quiosco. Era alto, flaco, con el vientre abultado y una barba cuidada que le daba una expresión astuta al rostro. Se acomodó a mi lado.

—¡Pasa, Paquito, hombre!

—Nada, ya ves. ¿Qué te pongo, Arturo? —preguntó Paco.

—Coñac del bueno, nada de garrafón, macho.

—Aquí no hay garrafa, Arturo. No me jodas.

Su cara me era lejanamente familiar. Torcía la boca al hablar de una forma peculiar y el traje que vestía era de buen corte.

—No te enrolles, Paco, y ponme ya de beber.

Le llenó una copa de Torres Cinco y el sujeto se la bebió de un trago. Sacó un fajo de billetes del bolsillo del pantalón y separó uno de mil pesetas. Se lo entregó a Paco.

—Te va bien, ¿eh? —comentó el tabernero.

—*Dabuti* —contestó el sujeto—. Lo que hay que hacer es montar las cosas en plan moderno, como un pub; ¿me entiendes?, cobras tres veces más por lo mismo. Le pones al establecimiento un nombre raro, unos cuantos cuadros, mesas viejas y palante.

—Pues tú no le has cambiado el nombre, Arturo.

—Me gusta llamarlo Pekín, qué quieres. Además es un nombre que suena. Pub cafetería Pekín. ¿A que sí?

Paco no contestó. Le entregó la vuelta y volvió a acodarse mirando la televisión. Entonces lo reconocí. Era Arturito Guindal, antiguo novio de Pepita, la dueña del Viva la Pepa de la calle Ruiz.

—¿Usted se llama Arturo Guindal? —le pregunté.

Se volvió con expresión chulesca. Le vi la culata de una automática asomando por entre el cinturón.

—Sí, ¿pasa algo?

—En absoluto, pero lo estaba buscando.

—¿Usted a mí?

Paco se enderezó y me fijó la mirada.

—¿Usted no será...? —Paco se mostraba dubitativo—. Se parece mucho a...

—Soy el mismo, Paco —le contesté—. El mismo. Un poco más viejo, pero el mismo.

—Me cago en la mar, Toni, qué alegría. —Me alargó la mano por encima del mostrador y nos la estrechamos. La sonrisa le barría la cara—. ¿Qué es de tu vida? Me dijeron que habías dejado el Cuerpo, pero —el Chuleta se enderezó. Tosió ligeramente—... ya sabes que a la gente le gusta mucho el jarabe de pico...

—Estoy con Draper.

—¿El señor comisario?

—Ya no es comisario. Tiene un negocio propio.

—Bueno —dijo el Chuleta—. Me abro, señores...

Le tomé suavemente del codo.

—Un momento, por favor. —Retrocedió un paso y me apartó la mano de un empujón.

—Yo no tengo nada que hablar contigo, ya no estás en la *madera*. Te acabo de reconocer. ¿Vale, macho?

—Trabajo en la agencia de impagados de Draper y quiero que reconozcas ante testigos —señalé a Paco que asistía muy contento a la conversación— una deuda contraída con doña Josefa Pardo, o sea, Pepa, la dueña del Viva la Pepa.

Soltó una carcajada. Sus dientes eran grandes y amarillos.

—¿Y *pa* esto tanto rollo? ¡*Andá* mi madre! Pues sí, macho, reconozco la deuda. ¿Qué pasa?

—Le debes ciento veinticinco mil pesetas.

Volvió a enseñarme los dientes. Ahora tenía la chaqueta más desabrochada y su mano izquierda acariciaba la culata del arma.

—Ciento veintisiete mil cuatrocientas ochenta, para ser más exactos. Y además te voy a hacer una confesión, me caes bien, mira. No pienso pagarle nunca a ese pendón. ¿Me he explicado con claridad o te lo digo otra vez, *pasma*? —Golpeó la culata con la mano—. Tengo licencia para la *pipa*; hay mucho mangante en el barrio, así que ahueca.

Antes de que comenzara a caminar hacia la puerta, el bastón de Paco describió una curva y explotó contra la cabeza del sujeto. Apenas si lo vi. El ruido fue seco. El tipo abrió la boca, pero no llegó a articular palabra. Se desplomó en el suelo con la mano engarfiada al aire. Cayó como un toro en el descabello.

Me acerqué a él y le retiré la pistola. Era un Astra del 9 corto, modelo 1947, pero parecía en buen uso. La sopesé en el aire y me la guardé en el bolsillo.

Los cuatro jubilados habían salido de su partida y miraban sin demasiada atención el cuerpo de Arturito Guindal.

—¿Qué ha pasado, Paco? —preguntó uno de ellos.

—Nada —contestó éste—. Que se ha puesto pesado. El señor es policía.

Sonreí.

Siguieron jugando a las cartas. Paco asomó el cuerpo por el mostrador.

—Le he dado un poco fuerte, ¿verdad?

—Me parece que sí. Ayúdame a llevarlo al Viva la Pepa. Tengo la pierna un poco delicada.

Entre los dos lo transportamos a la calle Ruiz, que está a menos de cincuenta metros. Empezó a quejarse nada más salir del quiosco.

Entramos en el Viva la Pepa y lo sentamos en una de las sillas del fondo. Estaba Pepa la morena y dio un grito cuando lo vio. Le había brotado la sangre y le caía por la chaqueta.

—¡Pero qué ha pasado, santo cielo! ¡Qué te han hecho, Arturo!

—Nada..., Pepita —balbuceó Paco—. Que se ha puesto un poquito chuleta y yo..., vamos, nosotros, pues...

Pepa salió del mostrador y cogió la cabeza del Arturo con las manos.

—¡Pero qué le habéis hecho, bestias, más que bestias, si lo habéis matado!

—Me han jodido, Pepita —murmuró Arturo.

La chica siguió gimiendo y limpiándole la sangre. Me acerqué al tipo y le saqué el rollo de dinero del bolsillo.

—Tu dinero, Pepa. —Empecé a contarlo. Había ciento cincuenta mil en billetes de todos los calibres. Era lo que me había figurado al ver el volumen del mazo. Los tiré al mostrador—. Coge de ahí lo tuyo, ya ha dicho ante testigos que te debía ciento veintisiete mil cuatrocientas ochenta, un poco más de lo que me dijiste tú. Me debes el diez por ciento, o sea, diecisiete mil redondeando un poco.

—Pepi —moqueó Arturo—, que me quieren quitar la recaudación. Haz algo.

Conté mi dinero, se lo mostré a Pepa y me lo guardé en el bolsillo. El dinero tropezó con la pistola. La saqué, le extraje el cargador y la bala de la recámara. Me guardé las balas en el bolsillo y le entregué el arma a Pepa. La cogió con los ojos mirando hacia muy lejos.

—Bueno, Toni, verás... no está bien lo que le habéis hecho a mi Arturo, mira cómo está.

—¡Pepi, mi dinero! —gritó.

—¿Habíamos quedado en esto, verdad?

—Bueno, sí, pero...

—Haz lo que quieras con ese dinero. Se lo puedes devolver o quemarlo, me da igual. Pero estas diecisiete mil son mías. —Me golpeé el bolsillo—. Espero que lo comprendas.

—¡Pepi! —volvió a gritar Arturo.

—¡Yo te curaré, amor, no sufras!

—Tengo que irme al quiosco, Toni —dijo Paco—. Lo tengo solo.

Salimos afuera, escuchando los arrumacos de Pepa y los gemidos de Arturo. En la puerta del quiosco le di a Paco mil duros.

—Hombre, Toni, ya podías darme un poco más —dijo—. He hecho todo el trabajo. ¿Qué te parece la mitad?

Lo miré unos segundos y me entró un gran cansancio, como si hubiera subido unas escaleras a la pata coja.

Añadí dos billetes más y me marché despacio.

Paco me dijo que hacer negocios conmigo era estupendo.

En mi casa me di un baño lento y muy caliente y después me apliqué una cataplasma de patata picada y una yerba, llamada alorbas, en la rodilla. No tuve tiempo de abrir el sofá. Me dormí al instante.

Cuando desperté eran las diez de la noche y hacía frío. La hinchazón había desaparecido. Aquellas cataplasmas nos las poníamos después de los combates, cuando verdaderamente duelen los golpes y se infecta la piel.

Me levanté y sopesé el Gabilondo del 38. Estaba aceitado, limpio, cargado con las cápsulas mortales. Lo dejé donde estaba, sobre la mesilla. En el balcón, las luces verdes del anuncio luminoso se marcaban a intervalos.

Luces verdes. Luces verdes.

18

La vi a la una y media de la madrugada bajo la luz de un farol en el paseo de la Castellana, esquina a María de Molina. Llevaba una falda blanca hasta los pies, abierta en un costado y mostraba una pierna delgada y pálida. La blusa era de satén negro, escotada hasta la cintura, como si acabara de regresar de alguna absurda fiesta turbulenta.

Me vio caminar hacia ella y se ahuecó el pelo teñido con una mano huidiza en la que refulgieron anillos. En segundos evaluó mi posición social y la naturaleza de mis deseos nocturnos. No debieron de quedar claros ninguno de los dos.

—¿Vanesa? —le pregunté.

—¿Me conoces? —Su coquetería era tan automática como las circunvalaciones de los caballos de los picadores. Hablaba con la cabeza ligeramente inclinada, en lo que debería de ser una de sus muecas preferidas.

La noche era fresca, sin aire y cargada de electricidad. En la acera de enfrente un grupo de mujeres parecidas a Vanesa interpelaban a los conductores de los automóviles lujosos. Una de ellas soltó una carcajada estridente.

—Nos hemos visto ayer en el Rudolf. Yo estaba esperando a Paulino.

—¿Ah, sí?

—Pero no fue y quiero hablar con él.

—¿Y quién eres tú, cariño? ¿De la poli?

—No, soy amigo de Paulino, del tiempo de la mili.

—No sé dónde está. —Me tomó del brazo y se apretó a mí. Una nube de perfume espeso y dulzón me invadió—. Pero llévame a casa, anda. Tengo mucho frío y la noche es muy larga. —Me palpó el brazo—. ¡Umm!, eres muy fuerte. ¿Cómo te llamas?

—Carpintero, Antonio Carpintero.

—¿Carpintero? —Me observó como si le hubiera contado un chiste—. Me parece que Paulino te ha nombrado alguna vez. Pero ¿de verdad eres Antonio Carpintero?

—Eso es de las pocas cosas que estoy seguro.

—Paulino y yo hemos roto, ¿sabes?

—Qué lástima.

Asintió con la cabeza.

—Es un cabrón y un desgraciado... Pero no nos quedemos aquí, hace mucho frío. ¿Así que tú eres amigo de Paulino? Mira qué bien.

—No me gustaría que perdieras el tiempo. La vida está muy achuchada, Vanesa. Te pagaré el tiempo que estés conmigo.

—Así me gustan los hombres. Entonces, ¿me llevas a casa? ¿Tienes coche?

—Me gustan más los taxis.

—Vámonos. En mi casa estaremos más a gusto... calentitos.

—No es mala idea.

—Y tú me das unos billetitos, ¿eh, guapo? Me lo vas a agradecer que no veas. —Se pasó una lengua grande y gorda por los labios.

—Vanesa, querida, lo único que quiero es charlar contigo de Paulino. No te vayas a llevar luego una decepción.

—Tú vente a casa que te voy a contar cosas de Paulino que se te van a poner los pelos de punta. —Endureció la voz—: Me las va a pagar ahora ese cabrón, no me conoce, lo voy a meter en la cárcel, que es donde tiene que estar él y ese hijo de puta de amigo suyo. Se habían creído que yo era tonta.

—Le tienes un poquito de rabia a Paulino, ¿eh?

—Se ha reído de mí —murmuró y luego alzó la voz—: ¿Nos vamos a mi casa o no?

Levantó la mano y le hizo señas a un taxi que avanzaba lentamente. El taxista llevaba una bufanda azul anudada al cuello y asomó la cabeza por la ventanilla con media sonrisa en los labios.

Vanesa no volvió a abrir la boca durante el viaje, pero su cuerpo estaba tenso cada vez que se aplastaba contra mí por los vaivenes del coche. Era más joven de lo que parecía y su rostro ensimismado me recordaba una guadaña. En aquella cara había menos inocencia que en el sobaco de un notario. La vida es dura en Madrid y para comer caliente tres veces al día, comprar vestidos y pagar una casa hay que hacer muchos viajes como el que estábamos haciendo. Los chicos con problemas hormonales como Vanesa tienen que ser muy listos y muy duros si quieren salir adelante en esta ciudad.

Nos detuvimos en la calle Miguel Ángel frente a un edificio de apartamentos de color blanco con la fachada salpicada por inútiles y pequeños balcones que parecían de adorno.

Abrió el portal con un llavín y entramos a un vestíbulo amplio y aséptico, característico de los edificios sin portero que raramente se utilizan para vivir.

—¿Te dice algo el nombre de Luis Robles?

—¿El señor Robles? —Pulsó el ascensor y escuchamos el ruido sordo del motor eléctrico—. Claro que sí, iba mucho a las partidas de Paulino; era muy simpático, pero un poco raro. Me llevaba muy bien con él.

El ascensor olía intensamente a perfumes baratos y jabón. Vanesa pulsó el botón del séptimo piso.

—¿Por qué te parecía raro?

—Ése no era su ambiente, tenía mucho dinero y era muy educado, un caballero. Pero, fíjate, le gustaba vestirse mal a propósito, no sé si me explico. Venía al Rudolf con pantalones vaqueros viejos, cazadora y esas cosas. Cuando se emborrachaba le daba por hablar de filosofía, del capitalismo, el fascismo... Largaba mucho, tenía pico, pero era educado, un señor, y siempre me traía regalos y era muy considerado. Parece que se ha suicidado, ¿no? Me lo dijo el Vicen, el camarero del Rudolf. Dijo que si venía alguien a preguntar por el señor Robles, dijésemos que allí no sabíamos nada. ¿Comprendes? Paulino llamó por teléfono ayer. Me dio mucha pena... ¡Con lo simpático que era! ¿También lo conocías tú?

—Paulino, él y yo estábamos en la misma Compañía. Hicimos la mili juntos.

—Paulino le sacaba los cuartos al señor Robles. Se aprovechaba de él cosa mala. Paulino se aprovecha de todo el mundo. —Me sonrió—. Pero conmigo se ha acabado. Sé muchas cosas de Paulino, muchas..., como para meterlo en la cárcel.

El ascensor se detuvo con una sacudida y salimos a un corredor silencioso, enmoquetado de gris. Había dos puertas. Vanesa se dirigió a la de la derecha y la abrió.

Era una sala pequeña que parecía la consulta de un dentista sin pretensiones. Había tres sillas tapizadas y un perchero de madera barnizada.

—Vamos al saloncito, allí estaremos mejor. Tengo un poquito de coñac y podemos poner la calefacción.

Empujó una pequeña puerta acristalada y tanteó la pared

buscando el interruptor de la luz. Pero antes de que lo hiciera, alguien se adelantó y el cuarto se iluminó súbitamente.

Un sujeto con una cazadora negra empuñaba una pistola y nos miraba fijamente. Llevaba el pelo rubio muy bien peinado y era de estatura mediana, moreno y delgado. Su cara no demostraba ninguna sorpresa.

El arma que empuñaba era una Beretta con silenciador. Un arma cara y bonita.

—¡Tú! —gritó Vanesa y jadeó con la espalda contra la pared. Parecía a punto de desmayarse—. ¡Tú! —repitió.

Alcé los brazos por encima de mi cabeza. La pistola apenas se movió unos milímetros.

—¿No te alegras de verme, guapa? —dijo el tipo, y cerró la puerta con cuidado. Todos sus movimientos eran silenciosos y precisos. Me hizo un gesto con la cabeza—. A la pared. Vamos.

La habitación tenía una mesa camilla baja, con un mantel azul y un florero vacío, dos sillones baratos y un sofá de escay. Dos puertas cerradas ocupaban los otros dos lados de la sala. Me coloqué cara a la pared. Había un cuadro de un caballo corriendo por el borde del mar.

—¡Escúchame, por favor! ¡Yo no tengo nada que ver con Paulino! ¡Tienes que creerme, yo no sé nada! —Había un miedo, un miedo viscoso en la voz de Vanesa. Hablaba a trompicones, temblando.

La escuché jadear. El tipo dijo:

—No vuelvas a abrir la boca hasta que yo te pregunte. ¿Lo has entendido?

—Sí, sí —murmuró.

—Y tú, da un paso atrás. —Le hice caso—. Y ahora, abre las piernas y apoya las manos en la pared.

Se me acercó por detrás y me cacheó con experiencia. Sacó mi cartera.

—Carpintero. ¿Quién coño eres tú?

—Amigo de Paulino —le dije, sin moverme—. Lo estoy buscando.

—¿Sí? Mira qué bien. Pues le vas a dar recuerdos a Delbó, ¿eh? Ya verás cómo se va a alegrar.

—No tengo nada que ver con ese Delbó, no lo conozco —le mentí—. Soy amigo de Paulino de cuando la mili. Estuvimos en el CIR núm. 2 de Alcalá de Henares y ayer recibí una nota suya diciendo que quería verme en el Rudolf. No fue y yo me puse a buscarlo y aquí estoy.

No hacía nada de calor pero comencé a sudar. Goterones que se deslizaban por mi frente. Sentí cómo tiraba mi cartera al suelo.

—Me da igual quién seas.

—Si conoces a Paulino, quizás alguna vez te haya hablado de mí.

El silencio se hizo espeso.

—¿Carpintero? —dijo al fin.

—Sí.

—Yo no creo en las coincidencias. ¿Y tú?

—No tengo nada que ver con los asuntos de Paulino.

—Puede que te crea, pero me da igual. Creo que hoy no es tu día de suerte.

La pintura de la pared era reciente. Olía a limpio. Al otro lado del cuadrito del caballo había una lámpara de pie.

—Escucha... —Vanesa tartamudeaba—, Paulino no te ha engañado. Ha sido a mí a quien ha engañado, a ti no, de verdad. Lo que pasa es que...

—No me canses, putita, no me canses más. ¿Crees que soy tonto?

—Puedo... puedo llamarle por teléfono, ¿eh? Y tú me dejas marchar, ¿vale? Si le llamo, vendrá, seguro, de verdad.

Más silencio. Los latidos de mi corazón se acompasaron con el tictac de mi reloj. El sudor hacía que me picaran los ojos.

—Llámalo —dijo el tipo.

—¿Y me dejarás marchar?

—Si no haces tonterías sí.

—Muy bien, muy bien... No le debo nada a Paulino, a mí me ha hecho muchas más putadas que a ti.

—Llámalo. Dile que venga, si haces o dices algo tonto, te mato.

—Sí, sí, ahora mismo.

Sentí a Vanesa discar el teléfono. Debía de estar al lado del sofá. Desde donde estaba no podía verlo.

Su voz era ahora natural, coqueta.

—¿Paulino? ¿Eres tú, mi amor?... Tengo que hablarte... Sí... Sí... Estoy en el apartamento... No, no, ya no estoy enfadada... De verdad... Me voy mañana a Marbella... Algún tiempo, sí... Me gustaría despedirme de ti, a lo mejor ya no nos vemos más. —Soltó una risita cantarina, era una actriz consumada—... Te espero... Date prisa.

Colgó. Su voz era ahora más tranquila.

—Vendrá ahora mismo. ¿Puedo marcharme ya?

—No tengas tanta prisa.

—¿Pero tú me habías dicho...?

—Tranquila, guapa, tranquila. Yo te diré cuándo puedes irte.

—Es que estás equivocado, de verdad. Paulino no ha pensado nunca en hacerte nada, lo que ha pasado es que...

—¡Calla!

De nuevo el silencio. Largo rato. Una eternidad. De vez en cuando Vanesa suspiraba. Escuché los pasos metódicos, rítmicos, del tipo por la habitación. El autor del cuadrito era un tal Pepe Flores y abajo había escrito Sevilla, 86. Las olas estaban muy bien y la lluvia también. El caballo tenía expresión horrorizada y un rayo cruzaba el firmamento.

Otra vez los pasos de aquel sujeto por la habitación. Tras, tras, tras... Arriba, abajo, arriba, abajo. De pronto dejé de sentir los brazos y los hombros. Eran masas insensibles. Quise poner la cara en la pared y descansar. Lo conseguí. El tipo se acercó por detrás. Sentí el caño del silenciador en la nuca.

—¿Estás cansado?

—Termina de una vez.

Algo explotó en mi cabeza. Me fui al suelo de rodillas. Yo pesaba trescientos kilos. Le vi los pantalones y los zapatos. Mocasines, de los caros. Buenos zapatos.

¿Aquello era que estaban llamando a la puerta? Intenté alzar la cabeza y de nuevo sentí fuego por dentro y oscuridad. Una oscuridad muy grande.

19

Luisito Robles me miraba. Dormía en la litera de arriba y solía hablar conmigo asomando la cabeza cuando los imaginarias estaban lejos. Podía permanecer mucho tiempo de ese modo, como los murciélagos y hablar y hablar. Hablando era incansable. No recuerdo ahora mismo lo que me estaba diciendo, pero debía de ser importante porque su cara estaba tensa y su boca se abría y cerraba como las boqueadas de un pez cuando es sacado del agua.

Estábamos en el dormitorio de la Compañía en el acuartelamiento de Alcalá de Henares. La nave estaba oscura, sumida en temblorosas sombras, y no se escuchaba nada. Todo estaba en silencio. No había ruidos, sólo las literas alineadas y la cabeza de Luisito Robles colgada frente a mí.

Traté de moverme y no pude. Me di cuenta entonces de que tenía frío, pero no podía moverme para taparme. Una inesperada y extraña fuerza me mantenía pegado al catre. Quería pedirle ayuda a Luisito Robles, decirle que tenía frío, pero movía la boca y de ella no salía nada, ningún sonido. Grité, grité como un animal acosado. De la cabeza de Luisito Robles había comenzado a manar sangre, un continuo goteo que manchaba mi cama y empapaba mi cuerpo.

La humedad pegajosa de la sangre envolviéndome.

Abrí los ojos y escuché mis propios gritos. La oscuridad era absoluta y yo estaba en una cama. ¿Dónde?

Parpadeé varias veces. La cabeza me estallaba, cualquier pequeño movimiento me inmovilizaba de dolor. Tanteé a mi alrededor. Estaba en una cama. Y desnudo. ¿Qué había pasado? Me incliné a la izquierda y caí al suelo. Con mucha dificultad conseguí ponerme en pie. No se oía ningún ruido, excepto el vago murmullo del tráfico.

Extendí los brazos y caminé unos pasos hasta que tropecé con lo que supuse que era una pared. La palpé de arriba abajo y la seguí en una trayectoria paralela a la cama.

Tropecé con una puerta. Una puerta de cristales. Agucé el oído. No se escuchaba nada. Volví a tantear, encontré el interruptor.

En la cama que acababa de abandonar estaba Vanesa, desnuda, con un brazo sobre el estómago y el otro colgando fuera de la cama. Tenía el rostro cerúleo y desencajado, la boca abierta en un grito silencioso que le crispaba las facciones. Clavada en la vena del antebrazo izquierdo pendía una jeringuilla hipodérmica con el émbolo lleno de sangre. Sus ojos glaucos y abiertos ya no reflejaban nada.

Tenía los antebrazos cubiertos por líneas rojizas que seguían la trayectoria de las venas. Algunas ya eran muy antiguas, parecían viejos senderos de un camino hecho de largas noches en vela, temblores y sudores fríos, angustia y miedo que el polvillo blanco calma, para volver a empezar.

Eso era todo lo que quedaba de un chico a quien probablemente de pequeño le gustaba más jugar con las niñas que ir a cazar pájaros a pedradas. Su pequeño pene arrugado anunciaba un destino casi inexorable que él había querido borrar inflándose los pechos y afeitándose con crema depilatoria.

Madrid está lleno de ellos.

Salí del dormitorio y encendí la luz del salón.

Allí no había ningún cadáver. Estaba mi ropa muy bien doblada, mi reloj y mi cartera.

La otra puerta del salón correspondía a un pequeño pero coqueto cuarto de baño. En cinco minutos me duché, me sequé con una toalla y lavé la bañera. Puse una toalla limpia en el toallero y con la toalla que había utilizado limpié las posibles huellas que pudiera haber dejado en la pared del salón, en el dormitorio y en la puerta.

Quince minutos después estaba en la calle con la toalla dentro de una bolsa de plástico. Tomé un taxi que me llevó a la estación de Atocha. Allí dejé el paquete, bien cerrado, en una papelera. Otro taxi me dejó en mi casa.

Vomité arriba, cuando el reloj de la Puerta del Sol anunciaba las siete de la mañana.

20

A la una y diez estaba sentado enfrente de Draper, en su despacho de la calle Fuencarral.

—Parece que has pasado la noche en una montaña rusa —me dijo—. ¿Te encuentras bien?

—Divinamente. ¿Por qué me has dejado una nota en casa?

—Porque no estás nunca, te he estado llamando todo el día. —Me di cuenta de que observaba los tres zurcidos del traje y el desgaste de las solapas. Este tipo de cosas no se le pasaban nunca a Draper.

—Estoy en el paro, Draper, y si me quedo en casa, me aburro. ¿Es que tienes algo para mí?

—Algo hay, sí. Pero las cosas están muy mal, ya lo sabes...

—Sí, los impuestos, la seguridad social... Lo sé. Al grano, si tienes trabajo para mí, suéltalo. Tengo muchas cosas que hacer.

Se revolvió en el asiento.

—Verás, lo has hecho muy bien; los tíos de Establecimientos Eladio no podían creerse lo que le sacaste a la señora de la cocina. Todo esto acredita al negocio, ya sabes. Tengo algo muy importante, muy gordo y un poquito delicado... A propósito, ¿qué quería la policía de ti el otro día?

—Frutos necesitaba que identificara a alguien. Nada importante.

—Me alegro porque Frutos es muy quisquilloso. ¿Sabes que lo conozco desde la guerra?

—No, no lo sabía.

—Los dos fuimos guardias de Asalto durante la República y las pasamos canutas para ingresar en el Cuerpo después de la guerra. Menos mal que mi tío Ramón, el teniente coronel, me parece que ya te he hablado de él, hizo que quitaran el expediente y pude ingresar, pero Frutos... Lo llamábamos el rojillo, y en tiempos de la guerra, fíjate tú cómo sería. No sé cómo pudo ingresar, me parece que fue gracias al párroco de su pueblo, no sé.

Apagué la colilla del purito en el cenicero que estaba sobre la mesa y me levanté.

—¿Eh, dónde vas? —dijo Draper.

—Hasta luego.

—Un momento, Toni. —Le escuché suspirar—. Espera, ya sabes que me enrollo mucho.

—Estás muy ocupado, yo también. Otro día vengo y le damos a la lengua, hoy no tengo tiempo.

Me hizo un gesto con la mano para que me sentara.

—Siéntate, hombre. —Lo hice—. Tengo un trabajo muy gordo, muy importante. Lo que ocurre es que mi socio no quiere ni oír hablar de ti y me pongo nervioso, no sé por qué no le gustas. Me amenaza con marcharse y poner su propia agencia y yo estoy ya viejo para volver a empezar. Durán antes no era así, ha sido esa gilipollas de mujer que tiene... Ahora le ha dado por el vídeo, se ha comprado un aparatito de ésos y se pasan el día poniendo películas.

—Ya se le pasará —le dije—. Esas manías duran poco.

—Eso espero. —Volvió a suspirar, abrió uno de los cajones de su mesa y sacó un fajo de papeles y unas fotocopias y los ordenó cuidadosamente sin levantar la vista—. Llevamos ya casi un año con este asunto.

Me tendió una fotografía ampliada en blanco y negro en la que había un sujeto joven y rechoncho, alzando los brazos como si saludara. Su cara era gorda y grande, con una boca redonda que semejaba el desagüe del lavabo de una pensión barata.

—Se llama Nelson Roberto Cruces, pero lo llaman Bobi. Es un cubano criado en Estados Unidos que vino a España con pasaporte de exiliado en 1978, pero se nacionalizó hace tres años. Tiene veintiocho años, soltero, y es el fundador de una especie de secta llamada La Luz del Mundo. Está registrada legalmente como una sociedad benéfica con fines religiosos y se dedica a recoger a desgraciados, drogadictos, madres solteras, niños sin familia y cosas así. Tienen la sede en Fuenlabrada, un edificio de tres plantas con dos locales comerciales. Empezaron en un cuchitril alquilado y ahora tienen, además del edificio de Fuenlabrada y los dos locales comerciales, una finca en Toledo de cien hectáreas a la que llaman El Reino de Dios. Allí cultivan legumbres y frutales sin contaminar y esas cosas. ¿Vas cogiendo onda?

—Sí, continúa.

—Verás, lo que más tiene este pájaro son chicas descarriadas y drogadictos, lo de los niños lo ha dejado un poco porque ahora Protección de Menores está al loro y les hacen la vida imposible. Las chicas y los chicos reciben jarabe de pico a manta, sitio donde dormir y comer gratis a cambio de no hacer nada... aparentemente. Aquí tienes los folletos del Hermano Nelson.

Tenían cuatro hojas impresas, de varios colores. Las había rosas, azules y naranjas. Los títulos eran: «La luz de

Dios llegará para Ti», «No estés afligido», «Él está contigo» y «Ven Conmigo», Hermano. El logotipo era un horizonte con un sol naciente que derramaba sus rayos sobre la frase La Luz del Mundo.

—Pero —continuó Draper— después de un par de días en la Casa, como la llaman ellos, los chavales se tienen que poner a currar. Unos van a la finca a labrar la tierra y a cuidar el ganado, otros a ocuparse de la imprenta y el comedor y otros a vender por la calle estos folletitos, y aquí está el negocio. —Hizo una pausa y me miró fijamente, como si comprobase que le prestaba atención—. Todos los días una legión de chicos y chicas salen a la calle a repartir estas hojas, pidiendo la voluntad. Hemos calculado que el Hermano Nelson saca diariamente alrededor de un millón de pesetas, ¿te das cuenta? Es el negocio editorial mejor montado que conozco, porque también salen a pueblos y a otras capitales de provincia. Además, todos ellos lo hacen por amor al arte, sin cobrar salarios. —Aquello parecía gustarle a Draper, suspiró largamente—. El despacho de abogados ha calculado por encima que el hermanito Nelson saca alrededor de veinte millones al mes.

—Curioso —dije yo.

—¿Sólo se te ocurre decir eso?

—Se me ocurren más cosas pero me las callo. ¿Has terminado?

—No. Lo único legal que posee oficialmente el dichoso Nelson es la finca de Toledo y el edificio de tres plantas en Fuenlabrada, que está hipotecado. En teoría es pobre como una rata y un altruista. Uno de los locales del edificio de Fuenlabrada lo tiene acondicionado como comedor gratuito para pobres en general, drogadictos con ataques de mono, nenes huidos de sus casas y cosas así. Los alimentos los traen de la finca. Además, en el otro local tiene la imprenta donde se hacen estos panfletos, que regenta él personalmente. Pero allí todo el mundo trabaja por la cara y no hay manera de demostrar que el negocio de la venta de estas hojitas es el truco de las gallinas de los huevos de oro. Todo son ganancias, apenas si hay gastos, pero el bueno de Nelson no paga. Debe alrededor de catorce millones de pesetas a distintos proveedores y a dos bancos.

—¡Ajá! Catorce millones. —Apreté las hojitas sin darme cuenta—. ¿Cómo lo ha conseguido?

—Es muy astuto. Desde hace cuatro años ha estado comprando alimentos y materiales diversos a distintos proveedores, pagándoles poco a poco con préstamos de los bancos. Como al principio iba pagando, los proveedores le seguían surtiendo y los bancos concediéndole préstamos y moratorias, hasta que se dieron cuenta de lo que se estaba cociendo en esa sociedad altruista. De modo que hace poco más de un año se han reunido todos los acreedores y han puesto una denuncia por estafa continuada y ahí entramos nosotros...

—Un momento, Draper —le interrumpí—. ¿Qué despacho de abogados lleva el caso?

—Son dos chicos jóvenes, ahí en la calle del Pez. ¿Qué te importa a ti eso?

—Quiero saber si se han intentado todos los medios legales.

—Pues claro, hombre. Pero el hermanito Nelson lo tiene muy bien montado, todo lo tiene hipotecado, la finca, el edificio y los locales comerciales. Meterse en pleitos significa dos años como mínimo de papeleos y juicios, la subasta de las propiedades... Un follón. He pensado otra cosa. —Sonrió—. Algo más rápido y efectivo.

—¿Como qué?

—Verás, hemos descubierto que el bueno de Nelson está negociando con el dineral que saca de los dichosos folletitos. Se ha dedicado a comprar pisos y apartamentos en toda la costa y en Madrid, pero a nombre de su madre, una tal Adela Cruces que vive en Miami y visita a su nene en Madrid de vez en cuando para ver cómo andan las cosas y controlar el tema. Sospechamos que es la mamá quien verdaderamente lleva las riendas. La señora es una verdadera financiera. Se le conocen negocios en Miami y conexiones en España que todavía no hemos descubierto, pero que son importantes. Ten en cuenta que veinte kilos, mes a mes, es mucho dinero, además libre de impuestos. Es muy posible que la mamá esté ahora en España, en Madrid concretamente, y a lo mejor a la buena señora no le van a gustar un par de cosas que sabemos de su precioso niño. Hace más de una semana que el hermanito Nelson no duerme en Fuenlabrada; Durán lo ha estado siguiendo y ha descubierto que vive en un picadero que ha comprado en Alberto Alcocer, 37, 11.º B. El pisito está a nombre de la madre. Ahí es donde lo vamos a agarrar. El nene pasa todas las noches con una mujer.

—Ya, lo estoy viendo venir. —Draper se pasó la mano por el pelo y me clavó la mirada. Era una mirada ansiosa—. Alguien podría subir a ese piso, descubrir el pastel y chantajearlo para que pague. ¿Me equivoco?

—Hombre..., no le llames chantaje.

—Se llama chantaje, Draper.

—Trescientos billetes por un carrete de fotos en donde se vea a Nelson con las manos en la masa. —Dejé los folletos de colores y la foto del chico gordo sobre la mesa. Encendí un cigarrillo—. Trescientos papeles, Toni. Tú eres el único que lo puede hacer.

Arrojé el humo al techo.

—Hay algo aquí que no entiendo. —Draper alzó la ceja derecha en una muda interrogación—. Este chico ha demostrado hasta ahora que es muy listo. Tiene montado un negocio sin una sola fisura, saca un pastón, libre de impuestos, y sin embargo es tan idiota que deja a deber una minucia como catorce millones, se enfrenta a los bancos, a un montón de acreedores, a un despacho de abogados y a un perro viejo como tú. ¿No es más fácil pagar? ¿Por qué no ha pagado? Es algo que no entiendo.

—Siempre serás el mismo, Toni. ¡Yo qué sé! El caso es que el cabrón ese no ha pagado y nosotros lo vamos a pillar. No te preocupes de nada más.

Seguí arrojando el humo.

—Pero es muy extraño, Draper. Digas tú lo que digas. Háblame de esa Adela Cruces. ¿Qué sabéis de ella?

—No mucho. Nos hemos dedicado más a su hijito. Según parece, esa tal Adela nació en Lugo y se marchó a Cuba siendo una niña, con su madre y una hermana más pequeña. No sabemos lo que estuvieron haciendo allí, pero al llegar la revolución castrista se vinieron para España, al parecer con lo puesto. La primera noticia que tenemos de ella es a través de Nelson. Ella vive en Miami dedicada a negocios de inversiones y cosas así y viene de vez en cuando a Madrid.

—¿Y la otra hermana?

—Ni idea. Igual está también en Miami.

—Me mosquea que no pague..., y las hermanas.

—¿Qué coño importan las hermanas? Lo que interesa es el nene, el Nelson. Si consigues unas fotos de él con la *gachí* esa, pagará. No te quepa duda.

—Necesito una cámara fotográfica pequeña, manejable, con flash incorporado y un carrete de película de alta sensibilidad. La puedo alquilar, no hay problema. Además llevaré un ayudante, a ser posible un buen espadista.

—¡Muy bien, Toni, lo que tú quieras!

—Pues quiero cien mil pesetas más. Sin contar otras

cincuenta para alquilar la máquina de fotos y otras cincuenta para gastos. En total, medio kilo, Draper.

Se echó hacia atrás en el asiento.

—¿Estás loco? ¿Medio kilo? ¿Pero en qué estás pensando? —Me puse en pie. Le di la última calada al cigarrillo y lo aplasté en el cenicero de cristal. Draper se puso también en pie—. ¡Espera un momento, no seas loco! ¿De dónde saco medio kilo, eh? Dímelo.

—Estoy cansado de regatear, muy cansado. La agencia se llevará el treinta y cinco por ciento de la deuda, lo que hace más de cuatro kilos, si es que me has dicho la verdad sobre los catorce millones, que no lo creo.

—Siéntate, Toni, siéntate.

—No, me voy a comer. Estoy cansado de estar sentado.

Salió de su sillón y me tomó de los hombros. Tal como me lo figuraba, su aliento me recordó una tortilla de ratas muertas.

—Está bien, medio kilo. No te enfades, pero es que somos muchos a repartir. Están los abogados, la agencia...

—¿A cuánto asciende la deuda en realidad, Draper?

Bajó los brazos. Su cara se puso borrosa como si le hubiese dado un viento helado. Carraspeó y torció la boca varias veces.

—Veintidós kilos —dijo con voz suave.

—Quiero un adelanto de veinticinco mil. Estoy sin fondos.

—Claro, claro...

—Metálico, nada de cheques.

Aguardé en la puerta. Vi cómo rebuscaba en los cajones, hasta que sacó un sobre de papel manila. Contó cinco billetes de cinco mil y me los entregó despacio.

Eran billetes nuevos, crujientes. Los coloqué en el bolsillo interior de mi chaqueta.

—Gracias, Draper. Ahora sólo me debes medio kilo. Esto ha sido para hacerte perdonar las mentirijillas que me has soltado. ¿De acuerdo?

Sus ojos no parpadearon.

—De acuerdo. ¿Cuándo harás el trabajo?

—Déjame unos días. Te avisaré.

—Lo harás, ¿verdad?

—Sí —le dije abriendo la puerta. El pasillo estaba vacío.

Draper me observaba en silencio. Había algo extraño en su mirada.

No se despidió.

21

Hogarfuturo ocupaba toda la esquina de la plaza de Puerta Cerrada con la calle Toledo. El rótulo era grande y de letras rojas y a ambos lados de la puerta había una fotografía de cuerpo entero de la madre de Cristina. Sostenía una bolsa de la compra llena de productos Fuentes en la que destacaban las latas de carne. Sonreía ataviada como un ama de casa que acabase de salir para comprar en la tienda de al lado.

Empujé la puerta donde una placa anunciaba que se trataba de oficinas. Había dos filas de mesas alineadas como en una escuela y en cada mesa una cabeza inclinada sobre papeles. Nadie pareció darse cuenta de mi presencia.

Avancé por la sala hasta el fondo. Una mujer de unos cincuenta años, con el rostro pálido y afilado cubierto de maquillaje, escribía a máquina. No levantó la cabeza cuando le dije que estaba allí para ver a Cristina Fuentes.

—¿Tiene cita? —me preguntó al fin.

—Creo que sí. Me llamo Antonio Carpintero.

Consultó una agenda grande, de tapas rojas.

—Lo siento —en su boca de labios finos, recorrida por arruguitas, había desprecio—, pero no aparece usted aquí.

—Tengo cita con ella. Avísela, haga el favor.

—A doña Cristina no se la puede molestar. Está muy ocupada. Si desea algo, yo puedo atenderle.

—Es con ella con quien quiero hablar. Ha debido de olvidarse de que teníamos una cita. Suele ocurrir, ¿verdad?

Me observó de arriba abajo y luego apartó la mirada con asco. Sin embargo, yo llevaba mi mejor ropa: una chaqueta marrón oscura que me había costado cinco mil pesetas en Almacenes Arias el día en que cerraron, un pantalón color canela y una camisa planchada blanca.

—Vuelva otro día —murmuró con la voz crispada y apoyó las dos manos en el teclado de la máquina de escribir. Parecían las garras de un gran pájaro asiendo un hueso—. Estoy muy ocupada, señor mío.

Volvió a teclear a más velocidad aún que antes. Puse mi mano en el carro de la máquina.

—Llámela por el teléfono interior. Si no quiere verme, me iré al momento. ¿De acuerdo?

El pálido rostro, cubierto de afeites, se volvió púrpura.

—No está apuntado, señor. No tiene cita. Márchese de aquí o...

En ese momento una puerta situada a la espalda de la secretaria se abrió y salió un muchacho en mangas de camisa, alto y atlético, con el cabello negro rizado, que enmarcaba una cara morena de golfo de barrio. Llevaba en la mano unos cuantos papeles y fingía observarlos con mucho cuidado.

Pasó junto a nosotros sin levantar la vista.

—Ya he terminado. —Su boca mostró unos dientes pequeños manchados de carmín. Escupió las palabras—. Le toca a usted. Su turno.

—Gracias. —Le sonreí—. Otro día que venga, recuérdeme que le traiga alpiste. Así cantará mejor.

La saludé moviendo la mano y me dirigí a la puerta. La

golpeé dos veces. La voz ligeramente ronca de Cristina dijo que pasase.

Entré sin que la máquina de escribir volviera a sonar.

Cristina vestía una falda estrecha color malva, abierta a los lados. Estaba de pie en medio del despacho, alisándose la falda con expresión distraída.

Su rostro expresó un cierto asombro cuando me vio.

—Toni —dijo—. Lo siento. Se me había olvidado por completo que teníamos una cita hoy. ¿Cómo te han dejado pasar?

—He sobornado a tu secretaria.

Caminó hacia uno de los lados del despacho donde había un gran sofá tapizado de negro, dos sillones y una mesita baja cubierta de revistas. Cogió una chaqueta ligera de amplias hombreras que estaba caída sobre el sofá, la planchó con las manos y se la colocó. Fue hasta la gran mesa de despacho que presidía la sala y se sentó en el sillón reclinable. Encendió un cigarrillo y expulsó el humo de forma ausente.

La habitación era grande, flanqueada por un gran ventanal de cortinas blancas corridas. En uno de los lados estaba el sofá con los sillones y en el otro un mueble librería de madera clara lleno de libros, fotos enmarcadas y trofeos publicitarios. En las paredes había otras dos obsesivas fotografías de la madre de Cristina y el suelo tenía una moqueta gris.

—Creo que me pasé un poco la otra noche en tu casa. —Se repantigó en el sillón y me miró como si no me estuviera viendo—. Estaba nerviosa, ¿comprendes? Esas tonterías, esas sospechas con la muerte de Luis —movió la mano como si espantara alguna mosca—, las fotografías... En fin, que me porté como una colegiala. Creo que fueron demasiadas impresiones y me desquicié un poco. Es comprensible, ¿verdad? Aún no estoy repuesta del todo. No es fácil encajar que Luis se suicidara.

—¿Se suicidó Luis, Cristina?

—Sí, Toni. Se suicidó. Y nuestro hijo Roberto aún no lo sabe. No ha podido venir al entierro. Le hemos enviado telegramas a todos los lugares donde pensamos que puede estar y todavía no ha respondido. Lo echo mucho de menos.

—Lógico, sois una familia muy unida. Tu madre me lo explicó la otra noche. Estuve con ella y con ese empleado vuestro tan agradable, Delbó.

Aplastó el cigarrillo en un cenicero de cristal de roca. Estuvo un buen rato aplastándolo. Suspiró.

—Ya sabes cómo son las madres. Sigue preocupándose de mí como si fuera una niña de quince años. Me figuro que esto les ocurre a todas las madres. La noche que fui a verte necesitaba estar con alguien y tú estabas a mano, ¿comprendes? —Me sonrió y su lengua roja asomó entre los dientes y mojó los labios. Su cabello corto le daba un aire juvenil y duro al tiempo—. Pero no me arrepiento. No suelo follar con el primero que aparece, ¿sabes?

—Claro. Yo fui algo especial, un flechazo.

—No te lo tomes a broma. Es cierto que he debido llamarte yo misma y no dejar que mi madre hablara por mí, pero ya te puedes imaginar lo ocupada que estoy después de la muerte de Luis. En fin, ya está todo arreglado. Te llamaré cualquier día y nos volveremos a ver, ¿eh? Pero sin esa ginebra.

Arrojé sobre la mesa las bragas que llevaba en el bolsillo de la chaqueta. Las cogió con dos dedos y las levantó.

—Te las olvidaste en casa.

—No creo, nunca llevo ropa interior. —Las tiró a la papelera con un movimiento seco y preciso y volvió a retreparse en el sillón—. Tengo mucho trabajo, lo siento. Te llamaré. —Sonrió, pero sus ojos eran ahora más fríos.

Tumbada en el sillón podía adivinar su cuerpo duro y

oloroso, suave. La curva de sus caderas y la línea de sus muslos contra la tela del vestido. Saqué lentamente el abultado sobre blanco y lo dejé caer a su lado, cerca del cenicero de cristal de roca.

—Eres un poco idiota, Toni.

—Puede que sí.

—Te hace falta. Cógelo, es para ti.

—No me hace falta. Nunca me han gustado las *astillas*.

—Por favor, anda. Cambia la funda del sofá, cómprate un tocadiscos, lo que sea.

—Cambiaré la funda del sofá cuando me dé la gana.

—Pues... cortinas. Les hacen falta cortinas a tus balcones.

—No me gustan las cortinas.

Llamaron a la puerta. Dos golpes suaves y tímidos. Cristina se mordió el labio y palpó el sobre. Gritó:

—¿Qué ocurre ahora?

Una voz obsequiosa respondió a través de la puerta:

—Perdone usted, doña Cristina, pero es importante.

—¡Pasa de una vez!

Una cabeza asomó por la puerta entreabierta. Era todo sonrisa y pelo bien peinado.

—Bueno, Cristina... —le dije.

—Espera un momento. No te marches todavía. —Se dirigió al de la puerta—: ¿Qué ocurre, Moreno?

—Nada, doña Cristina, que está arreglado el malentendido y quería..., pero si molesto, mañana podemos... ¡je, je, je! O cuando usted pueda.

—Pasa de una vez.

El tipo era alto, pero encorvado parecía más bajito. Vestía un traje cruzado de lanilla inglesa gris marengo, cortado de tal forma que le disimulaba la tripa. Su tez era morena de lámpara y la sonrisa le llegaba hasta las orejas. El pelo negro y abundante parecía un primer premio nacional de la Academia de Peluquería Sandoval, donde yo iba de joven a cortarme el pelo gratis. Se detuvo a media distancia entre la mesa del despacho y yo. Llevaba entre las manos una carpeta de cuero repujado. No dejó de estirar las comisuras de la boca ni un momento.

—El señor Carpintero, un amigo de la familia. —Nos presentó—. El señor Moreno, relaciones públicas.

—¡Mucho gusto, encantado de conocerle, señor Carpintero! —Nos estrechamos las manos. Me la apretó demasiado. Dejó sobre la mesa la carpeta y se dirigió a Cristina—: Todo arreglado, doña Cristina...

—¡Todo arreglado, todo arreglado! —Comenzó a pasar las hojas de la carpeta, sin mirarlas. Le había clavado los ojos al tipo de las relaciones públicas al que parecía que se le había secado la boca—. ¡Me hace gracia, sí, mucha gracia! No servís para nada, Moreno. Lo único que sabéis hacer es beber y tomar el sol en Marbella. ¡Pandilla de inútiles! ¡Vagos!

—Ha sido cosa de Núñez, doña Cristina. ¡Je, je, je! Ya he tomado medidas. No me dijo que...

—Lo dije bien claro, nada de colegios caros. Nuestros productos, nuestra línea de productos va dirigida a los pobres, Moreno, ¿es que no te enteras? ¿Para qué eres director de relaciones públicas, me lo quieres decir?

—Ya le dije, doña Cristina. No fue culpa mía, Núñez y...

—Bueno, déjame en paz de tanto Núñez. ¿Está arreglado el tema o no?

—Arregladísimo, doña Cristina. Verá, este viernes hemos elegido el Colegio Nacional Jaime Vera, de Vicálvaro, ochocientos niños entre siete y catorce años y ciento cincuenta profesores. Vea, yo mismo me he ocupado de hablar con el director, ya sabe, si no se ocupa uno... Vendrán solamente los mayores y muy escogidos, sesenta y diez profesores con el director y el jefe de estudios y...

—¿Cómo los vais a llevar a Móstoles?

—En un autocar, doña Cristina, ya está apalabrado. Y en la factoría ya lo saben. Mañana estará todo listo. ¡Je, je, je! Hemos preparado un regalo, una bolsita a cada uno, muy artística, un bote de nuestra carne, un calendario y un cuaderno de nuestros supermercados con un bolígrafo, también de nuestros establecimientos. A la bolsa de los profesores le hemos añadido un encendedor publicitario, que tenemos de sobra. Está todo previsto, hasta el último detalle.

—Quiero que estés allí tú mismo enseñando la factoría y que no te separes de ellos ni un momento.

—Por supuesto, doña Cristina.

—Y la merienda que la sirva personal con chaquetilla blanca y pajarita. Eso les impresionará.

—Muy buena idea, doña Cristina. Estupendo.

Cristina empujó la carpeta que apenas si había ojeado.

—Las Damas Negras... Intentar traer a las Damas Negras... ¡Qué pintoresco! ¡Las Damas Negras no compran carne picada en lata, a ver si te enteras Moreno!

—Claro, doña Cristina, pero no fue culpa mía, ya le dije...

—Sí, fue Núñez. Anda, márchate ya.

Volvió a estrecharme la mano, más fuerte aún que antes. La cara se le había convertido en una máscara de cartón.

—¡Mucho gusto! Si desea alguna cosa, lo que sea..., a su disposición.

Titubeó en darle la mano o no a Cristina. Decidió inclinar la cabeza y desaparecer en silencio.

—Imbécil —dijo ella cuando hubo cerrado la puerta—. Me carga ese payaso.

—Bien —dije yo—. Tengo muchas cosas que hacer.

—Espera un momento, Toni. Ya que no aceptas este dinero, deja que te proponga algo que te interesará. —Se levantó del sillón, rodeó la mesa y se apoyó sobre ella, frente a mí—. Tenemos un buen Departamento de Seguridad; Delbó lo sabe hacer, pero no da abasto; es demasiado trabajo, los supermercados, las fábricas... Entra y sale mucho dinero y necesitamos un director operativo de Seguridad, alguien que sea capaz, y que tenga experiencia. Nadie mejor que tú. Por supuesto, no tendrás que llevar uniforme ni pistola. Dirigirás el trabajo. Delbó no es mala persona y congeniarás con él, ya verás. Es terriblemente eficiente. Por supuesto tendrás un buen sueldo como no has soñado tener nunca, doscientas mil pesetas. ¿Qué te parece?

—Muy bien. Y me cardo el pelo y me echo laca. Como el tipo que se acaba de ir. ¿No?

—Toni, déjame que te ayude. Fuiste muy importante para mi marido. No puedes seguir viviendo como vives.

—No sabes cómo lamento que no te guste cómo vivo, Cristina.

—Anda, pásate por aquí el lunes próximo, Toni, y te llevaré a nuestras oficinas centrales en el Edificio Azca. ¿De acuerdo? Te haremos un contrato.

—No.

Me cogió del brazo. El contacto de su mano atravesó la tela de la chaqueta y me llegó a la piel.

—Toni.

—No. Gracias por proponérmelo.

—Luis te lo hubiese pedido.

—Pero está muerto.

Me apretó el brazo con fuerza.

—¡Sí, está muerto, se mató él mismo! ¿Te enteras? ¡Se mató él mismo!

Me deshice de su apretón. En mi brazo quedó una huella caliente.

Dio unos pasos detrás de mí mientras me dirigía a la puerta. Pero se detuvo. Escuché su respiración agitada.

No me volví.

22

En la plaza Mayor un muchacho con la cabeza rapada abrazaba a una chica con el cabello en punta, pintado de rojo. Los dos iban de negro. La chica llevaba una perlita incrustada en la nariz.

—¿Me puedes dar unas pelas, tío? Es para comer —me dijo el muchacho. No debía de tener arriba de dieciséis años.

Me molesta mucho que me llamen tío.

—Nunca doy para comer.

Se me quedaron mirando.

—Para comprarnos una botellita de cerveza —dijo la chica. Era hermosa y delgada, con el cutis limpio y terso.

—¿Vale con una *libra*?

—*Dabute*, tío.

—No me llames tío. No soy tu tío.

Saqué una moneda y se la di. Los dos sonrieron. ¿Qué significaba para esos chicos haber cumplido cuarenta años? Estar en los umbrales de la vejez. Ser viejo. Cuesta abajo. Carrozón. La chica lo tomó del cuello y lo besó con parsimonia. Cuando yo tenía dieciséis años no se podía besar a una chica en la plaza Mayor, ni en ningún sitio que no fuera un descampado y de noche. Una vez, un guarda jurado pretendió sacarme una multa cuando me sorprendió con aquella chica en las ruinas del Cuartel de la Montaña. Ella empezó a llorar. Y sólo nos estábamos besando. «Vete —le dije a la chica—, sal corriendo.» Y ella salió en estampida. El guarda se me quedó mirando. Y yo al guarda. Entonces era peso ligero amateur. Sesenta y tres kilos y me hacía llamar Kid Romano, doce victorias antes de la cuenta final, dos combates nulos y cinco derrotas, cinco combates de mala suerte. El guarda podría tener la edad que tengo yo ahora. Nunca se me olvidará su cara.

Lo que son los dieciséis años. Le hubiese pegado al guarda. Si llega a amargarme o a hacer algún gesto raro, le hubiese lanzado las manos. Para eso era yo Kid Romano, Kid Romano que sonaba como Rocki Marciano, mi héroe entonces. Ningún guarda me podría achantar. Menos mal que aquel guarda era sensato, igual de sensato que yo ahora. Y se marchó, no sin antes soltar una carcajada. Aquel tipo sacaba un sobresueldo a base de esas propinas. Eran tiempos duros para todos. A aquella chica no la volví a ver más. No quiso ni oír hablar de mí. Me acuerdo más del guarda que de ella.

Y ahora una mujer de cuarenta años viene a tu casa, se bebe tu ginebra, te cuenta una serie de cuentos sobre su marido recién muerto, se deja las bragas de recuerdo y no ha pasado nada. Te llamaré cualquier día de éstos, cariño. Y Kid Romano le devuelve el dinero que le había ofrecido para que investigara unas cuantas cosas raras sobre su marido, que encima era tu amigo. Muy curioso. Lo malo del asunto es que ya no soy Kid Romano. En realidad tampoco Toni Romano, peso wélter. Uno es Antonio Carpintero, que ya no le aguantaría tres asaltos al campeón del Asilo de San Rafael. ¿O sí?

Me palpé la barriga y luego me alisé la chaqueta nueva. No estaba mal. No era una mala chaqueta. Parecía incluso elegante. La pareja de chavales había dejado de besarse y caminaban cogidos de la cintura.

Seguí mi camino hacia la calle Postas.

A la altura del cine, Rosendo Méndez, alias *Richelieu*, abrió la boca de sorpresa. Cada vez estaba más viejo. Rosendo llevaba treinta años de acomodador en el viejo cine, mucho antes de que lo convirtieran en sala porno. Tenía los ojos acuosos y enrojecidos y la misma nariz ganchuda de siempre. De joven había sido guardia municipal.

—¡Me cago en la mar, Toni, macho, ya no vienes por el barrio!

Nos dimos la mano. Al uniforme le faltaban tres botones.

—Busco al Dartañán, Rosendo.

—Bueno, hace tiempo que...

—Déjate de tonterías. Quiero proponerle un trabajo. Y no estoy en la *pasma*. A ver si te enteras.

Suspiró.

—Está retirado, Toni.

—¿Seguro?

—Sí.

—¿Dónde puedo encontrarlo?

—Suele estar en Lavapiés, en los bares. Ya sabes cómo es él.

Miré el cartel de cine. Ponían dos películas. Una se llamaba *Secretarias húmedas*, y la otra, *Cama de todos*.

—¿Y cómo va el negocio, Rosendo?

—Así, así. —Miró el reloj—. Dentro de un rato ponen lo más interesante. ¿Quieres pasar? No te voy a cobrar nada.

Rosendo Méndez, Richelieu, tenía su propio negocio. Como sabía en qué momento las películas merecían verdaderamente la pena, avisaba a unos cuantos parroquianos fijos y éstos entraban en el cine para ver quince o veinte minutos de escenas fuertes por la módica suma de cien pesetas.

—No, gracias, Rosendo.

—Como quieras. Lo bueno viene ahora. La secretaria le hace la *fellatio* a su jefe.

De la tienda de lanas de enfrente salió un sujeto gordo y sudoroso, miró a ambos lados de la calle y se dirigió directamente al cine. Era Basilio, el encargado. Probablemente había dicho que salía un momento a tomarse un café.

Le entregó cien pesetas a Rosendo y sin dirigirle la palabra entró en el local.

—Ya no es como antes, Toni, parece que el personal pasa de ver estos pedazos de tías que salen en las películas. Parece mentira, para mí que el personal se está amariconando. Hasta veinte clientes fijos he llegado a tener yo, ya lo ves, y ahora... tres. Y eso que las películas vienen más cargadas. Se ve de todo. ¿No quieres pasar, hombre?

—No, Rosendo, gracias. Me tengo que marchar.

Nos dimos otra vez la mano y seguí calle Postas abajo. Rosendo me gritó:

—¡A ver si te pasas un día por aquí, macho!

Le hice un gesto y continué mi camino. Dos tipos bien trajeados pasaron a mi lado a paso rápido, rumbo al cine.

La papelería Alemana la habían convertido en una hamburguesería, y el bar Nebraska, en un local de máquinas tragaperras. Las cosas van muriendo lentamente y no sirve de nada lamentarse, pero jamás comprenderé a nadie que prefiera tomar una hamburguesa a otro tipo de comida. Pero esto no quiere decir nada. El antiguo bar Flor, en la Puerta del Sol, cayó también y ahora es otra hamburguesería. Nunca pensé que pudiera ocurrir.

23

En la Dirección de Seguridad me atendió una muchacha veinteañera como si estuviera en el mostrador de una *boutique* de ropa de hombre.

—Buenas tardes, ¿qué desea, por favor?

—Quisiera ver al comisario Frutos, de la Brigada.

—¿Tiene usted cita, señor?

—No.

—Aguarde un momento, por favor. Veré si puede recibirlo. ¿De parte de quién?

—Antonio Carpintero.

Marcó un número por el teléfono interior y le dijo a alguien mi nombre y mis intenciones. Antes, un tal Salvador, un viejo temblón y casposo, era el encargado de hacer lo que hacía ahora la chica. Se había ganado bastante con el cambio.

Colgó el teléfono y me sonrió.

—Lo recibirá ahora mismo. Déjeme el Documento Nacional de Identidad, por favor.

Apuntó los datos prolijamente y me devolvió el carné y un cartoncito de identificación. Le di las gracias y fui hasta el ascensor como si me hubiese tocado la lotería esa misma mañana.

Dos hombres gordos y bien vestidos entraron conmigo en el ascensor. Tenían el aspecto de no haber sudado nunca. Uno de ellos masticaba chicle con aire indolente y el otro se observaba los pies.

Descendí en el primer piso. Todo tenía la misma decoración que recordaba: maderas viejas, cortinones, lámparas de casino de pueblo y el mismo busto de Franco en una de las esquinas.

Empujé la tercera puerta a la izquierda, donde ponía en una placa dorada: Comisario Jefe.

Una mujer de unos cincuenta años, gafosa y regordeta, se estaba colocando una toquilla morada. Me miró como si la hubiera sorprendido sentada en el retrete.

—Me marcho, lo siento mucho pero me tengo que ir. —me dijo la mujer, mientras cogía un enorme bolso de encima de la mesa—. El horario es hasta las seis y fíjese la hora que es... Claro, como él no tiene familia. —Hizo un gesto en dirección a otra puerta, labrada como la de una iglesia—. Pues se pasa aquí las horas, pero servidora tiene muchas cosas que hacer. Hay días que me tengo que quedar hasta las tantas y de eso nada.

La mujer pasó por mi lado y dejó un vago aroma a mesa camilla y brasero. Cerró de un portazo y Frutos abrió la puerta labrada despacio y asomó la cabeza. Miró a ambos lados.

—¿Se ha ido ya?

—Sí.

Suspiró y abrió la puerta del todo.

—Menos mal, anda pasa.

Entré pisando una gruesa alfombra que debió de ser botín de guerra en Filipinas. La mesa del despacho se veía pequeña al final, flanqueada por una gran bandera nacional y un retrato del Rey colgado de la pared. Lo único moderno, además del retrato, era una televisión apagada.

Tenía los mismos archivadores recargados en maderas pesadas, los mismos sillones de cuero y el mismo aire de tiempo detenido.

Frutos caminó hasta la mesa, dio la vuelta y se sentó en un sillón. Tenía un cigarrillo a medio liar y continuó con la labor.

—A partir de ahora es cuando estoy más tranquilo. —Volvió a suspirar—. Marujita no es mala chica, pero lleva aquí desde antes de Camilo Alonso Vega y manda más que el jefe superior. Se pasa el día diciéndome cómo tengo que hacer las cosas.

La puerta se abrió de golpe y la mujer de la toquilla asomó la cabeza. Frutos dio un respingo.

—¡Me puedo quedar un rato más! —gritó.

—No, no..., muchas gracias, Maruja, de verdad.

—¿Quiere que le prepare un café? A mi hermano le da igual si llego un poco tarde.

—No, muchas gracias, Maruja. Puede marcharse a su casa.

La mujer rezongó algo por lo bajo.

—No me cuesta trabajo —insistió.

Frutos hizo su acostumbrada mueca que significaba una sonrisa.

Tenía el cigarrillo a medio liar apretado entre el índice y el pulgar de la mano izquierda.

—Muchas gracias, pero puede marcharse.

—No se olvide de abrir el balcón. Luego esto huele a tabacazo que no hay quien lo aguante.

—No se preocupe, Maruja. Adiós, hasta mañana.

La puerta se cerró con estrépito. Frutos arrojó el cigarrillo a medio liar a la papelera con una interjección.

Me senté en una silla tapizada de marrón, frente a la mesa, y encendí uno de mis cigarrillos.

Frutos había vuelto a liar con parsimonia otro de sus

petardos de picadura Ideales. Lo hacía con habilidad, ensimismado. Su chata nariz se desplazó cuando sacó una lengua larga y blancuzca y lamió el borde del cigarrillo. Lo alisó, se lo colocó en la boca y lo encendió con un Zippo de gasolina que muy bien podría haber estado en la mochila de un quinto en la batalla de Brunete.

Expulsó la primera bocanada de humo y entonces pareció darse cuenta de mi presencia.

—¿Qué te trae por aquí, Carpintero?

—No mucho... La otra noche tuve unas horribles pesadillas en las que salía Luis Robles y he decidido venir a preguntarte cómo anda la investigación.

—¿Investigación? —Expulsó más humo y miró por encima de mi hombro a la lejanía—. ¿A qué te refieres?

—Es muy sencillo, Frutos. Me refiero a si sabéis algo del caso de Luis Robles.

—Pues, sí. Sabemos algo. No hay tal caso Luis Robles. Se suicidó.

Siguió llenando de humo la habitación. Yo también ayudé a eso. Dejé que pasaran unos segundos.

—¿Tenéis el informe del forense?

Asintió con la cabeza.

—Tu amigo Luis Robles estaba borracho como una cuba cuando decidió irse de este mundo. Más de una botella de whisky... me parece que hasta me dieron la marca del whisky. Ahora no me acuerdo pero era escocés auténtico, del caro. Si te interesa la marca puedo traerte el informe.

—Muy amable, Frutos, pero me da igual la marca. ¿Qué me dices del informe de balística?

Curro Ovando, el jefe del grupo de balística, era un experto. Sus informes eran siempre meticulosos y muy exactos.

Asintió de nuevo.

—Se metió el cañón del revólver en la boca y disparó. La trayectoria del proyectil sigue una ligera desviación.

Salió por el oído izquierdo. Hay más cosas, ya sabes cómo es Ovando, pero eso es lo esencial.

—¿Y el guante, Frutos?

—Lleno de cordita. Ha sido analizado minuciosamente.

—¿Qué es lo que no funciona aquí, Frutos?

—Todo funciona. Tu amigo se suicidó. Llevaba una temporada que no hacía otra cosa que emborracharse y —Calló de golpe. Estuvo así unos segundos y luego continuó—:... Estaba deprimido, hundido y se quitó la vida. Esas cosas pasan todos los días. ¿Sabes cuántos suicidios hemos tenido en Madrid este mes? Once, siete mujeres y cuatro hombres. Y eso sin contar los que se suicidan inyectándose una sobredosis. Se suicida mucha gente en Madrid últimamente.

—Vamos a ver si nos entendemos, Frutos. Luis Robles se emborracha en su casa durante una noche entera y..., a propósito, ¿a qué hora habéis determinado la muerte?

—Exactamente, a las cinco y diez de la madrugada. Minuto más o minuto menos.

—Bien, se emborracha durante toda la noche y a las cinco de la mañana se pone uno de sus guantes, abre el cajón de su mesa, saca un revólver y se dispara un tiro. ¿No te parece raro?

—No, ¿por qué había de parecerme raro?

—Si estaba desesperado y deprimido no tenía por qué coger un guante, ponérselo y apretar el gatillo. No tiene sentido.

—He visto a suicidas con las bragas de su mujer en la cabeza. Eso son manías. Había huellas de pólvora en el guante, se disparó con el guante puesto. Por qué lo hizo, no lo sé y no me importa.

—¿Habéis encontrado el otro guante?

—No somos tan tontos, Carpintero. Claro que lo hemos encontrado. Estaba en uno de los cajones de su escritorio.

—O sea, que se tira una noche entera dándole a la botella y a las cinco de la mañana abre el cajón de su mesa, ve los guantes, se pone uno, coge el revólver y se mata y no te parece raro.

—Eso es. No me parece raro.

—¿Y la nota que me dejó escrita?

—Fue escrita dos días antes. También tenemos peritos calígrafos, por si no lo sabes. Y demuestra muy a las claras que estaba deprimido, angustiado. También hay un informe caligráfico. Esto ha sido llevado con la máxima seriedad, Carpintero. No somos unos chapuceros.

—Cuando el muerto es rico no sois chapuceros, es verdad.

Briznas de tabaco se le habían quedado prendidas en los amarillentos dientes. Las escupió con fuerza.

—Nunca he aguantado tus bromas. No me gustan.

—Era mi amigo, Frutos.

—Déjate de tonterías. Hacía más de veinte años que no os veíais. Él era presidente del consejo de administración de un grupo de empresas florecientes. Un financiero rico y tú un muerto de hambre. El que hayáis coincidido en la mili no quiere decir nada. Yo también coincidí con mucha gente en la mili.

—La idea del suicidio es mucho más cómoda que la del asesinato.

Se le encendió la cara. Golpeó la mesa con el puño y adelantó el rostro acalorado hacia mí.

—¡No aguanto tus bromas, te enteras! ¡Llevo casi cuarenta años en la policía y conozco mi oficio! ¡No me vengas a decir a estas alturas cómo debo llevar una investigación!

Se calmó de golpe, súbitamente, y se retrepó en el sillón. El cigarrillo estaba medio consumido, casi le quemaba los dedos. Siempre fumaba así. Daba la impresión de no querer que nadie le quitara las colillas. La dejó suavemente en el cenicero.

—Llevo cuarenta años en el Cuerpo —repitió casi en un susurro—. Cuarenta años. Y he visto de todo, de todo. Me hubiera gustado ser maestro de escuela en un pueblo, ¿sabes? Enseñar a los niños. Eso sí que es hermoso. Tendría una pequeña huerta, unas cuantas gallinas y cada año mataría a un cerdo. Me respetaría todo el mundo. Ahí va el señor maestro, dirían.

—Y te habrías casado. Tendrías ahora cinco hijos.

—¿No puedes estar sin la mierda de tus bromas? Mira, Carpintero, conozco tu expediente en comisaría. Es muy bueno... en parte, quitando algunas cosillas propias de tus chulerías. Sé que has sido un buen policía y comprendo que te preocupes por un amigo de la mili, pero yo también soy un buen policía, lo sé, no sé hacer otra cosa. Y también tengo a buenos policías conmigo, no todos son... —Se interrumpió.

—¿Qué ibas a decir? Termina la frase.

Suspiró de nuevo largamente y comenzó otra vez las operaciones de liar un cigarrillo. Movió la cabeza al hablar.

—Siempre serás el mismo. No tienes arreglo.

—¿Sabes una cosa, Frutos? Me extraña mucho esta conversación contigo. ¿Te ocurre algo?

—Nada. ¿Por qué lo preguntas?

—Te encuentro demasiado amable.

—Has debido de pillarme en un buen día. Ahora, si te parece bien, me voy a dedicar a esto. —Golpeó con la mano un montón de carpetas que tenía sobre la mesa—. Suelo pensar en los casos pendientes a estas horas. Todo es más tranquilo, nadie me molesta.

—Una última cosa, Frutos. —Apreté el cigarrillo en el cenicero y me puse en pie. Él continuó ensimismado, liando el tabaco—. ¿Habéis investigado su vida privada? ¿A los miembros de la familia? ¿Las empresas?

—Se ha hecho un trabajo policial impecable.

—Adiós, comisario, ha sido usted muy amable.

Cerca de la puerta me llamó.

—Un momento, al llegar aquí dijiste que habías tenido un sueño. ¿A qué te referías?

—Era un sueño tonto, señor comisario. La mujer de Luis Robles me decía en el sueño que alguien le estaba chantajeando, que había unas fotografías comprometedoras.

—Eso es una estupidez.

No pude verle la cara desde donde estaba, pero me pareció que se le inmovilizaba como si se le hubiera congelado.

—No, sólo es un sueño.

—Pues no sueñes más.

—He tenido otro más. El jefe de seguridad de ARESA y una suegra mandona estaban muy interesados en que yo no metiera las narices en nada.

Encendió el cigarrillo. El humo le tapó la cara.

—Yo gasto las conservas de carne Fuentes. Son muy buenas, especialmente para los solteros como tú y yo. Te las recomiendo, me recuerdan las latas de carne rusa de la guerra.

—No me gustan las hamburguesas y menos enlatadas —dije y cerré la puerta con cuidado.

La mujer de la toquilla morada y las gafas estaba otra vez sentada tras la mesa y me sonrió con timidez.

—Le he preparado algo de cenar al comisario —me dijo.

24

Garrido estaba leyendo el diario *El Alcázar* con los pies sobre la mesa de un pequeño despacho acristalado que parecía una portería. En uno de los rincones había un perchero, probablemente sobrante de la sala de espera de un notario de provincias, una radio antigua y un mueble fichero de fuelle.

Las filas de archivadores metálicos se alzaban casi hasta el techo, perdiéndose en la lejanía del sótano. Las luces de neón derramaban una claridad lechosa e inconcreta y acentuaban el silencio. Garrido me vio cerrar la puerta y me hizo señas para que entrara.

Debía de tener alrededor de sesenta años y era delgado, vestido como un maniquí de otros tiempos. Tenía el rostro alargado y cetrino, con grandes bolsas moradas bajo los ojos. Gastaba un fino bigotito que parecía trazado con el pincel de un dibujante chino. En otros tiempos había sido un consumado bailarín de salón, en el Casino de San Sebastián. Yo lo recordaba como subjefe de la Brigada Político-Social, mano derecha del comisario Yagüe.

Me señaló una silla de respaldo pulido, sin un solo gesto en su rostro. Encendió un Chester sin boquilla con sus largos dedos manchados de nicotina. Tenía el cabello blanco peinado hacia atrás con fijador.

—¿Qué te trae por aquí, Carpintero? ¿Una visita de cortesía?

—Necesito tus papeles, Garrido. Me gustaría identificar a un pistolero profesional del que no sé su nombre y los antecedentes de un tal Paulino Pardal, dueño o socio de una empresa de transportes. Puede que no esté fichado.

—Todo el mundo está fichado, eso no es problema, pero ya sabes que esto —hizo un gesto con la mano abrazando el despacho en una curva— no está actualizado. En 1977 dejaron de archivar y lo mismo pasa con las fotos. ¿Has abierto una agencia?

—No, nunca he tenido licencia de detective. Es un asunto particular.

—Pues los detectives ahora tienen porvenir. Vivimos obsesionados por la seguridad y una agencia tiene trabajo garantizado. Ya no hay empresas que no necesiten consejeros de seguridad, vigilantes, guardaespaldas... y están los hoteles, los grandes almacenes. Además ahora hay más cuernos que nunca, niñas que se escapan de sus casas... Cuando me jubile voy a abrir una agencia, Carpintero. Deberías meterte en esto.

El humo le tapaba la cara, pero sus ojos me parecieron dos bolitas de regaliz que no miraban a ninguna parte.

—En mi casa tengo una cajita de Montecristos del número cuatro que me han regalado y no sé qué hacer con ella. Yo fumo puritos pequeños. Mañana te la puedo traer.

Apagó el Chester en un cenicero de cristal. Lo desmenuzó con cuidado.

—Gracias. —Se levantó—. Voy a traerte la ficha de ese Paulino Pardal. No creo que haya muchos. ¿Es el *peta chungo*?

—No, es el legal.

Dio la vuelta a la mesa y salió caminando como si flotara, apenas sin mover el espeso aire del cuarto.

No tuve que esperar mucho tiempo. Me trajo un montón de carpetas amarillas y me las colocó delante. El polvo había formado manchas negras que parecían extraños dibujos entre las mordeduras de ratones.

Se sentó de nuevo en su lugar y continuó leyendo *El Alcázar*, pero esta vez sin poner los pies sobre la mesa.

Había sesenta y cuatro carpetas de tipos llamados Pardal. Fui mirándolas una a una, revisando caras de hombres con expresiones asustadas que se camuflaban con rictus en la boca; de sujetos con ojos de asesino y de otros con el aspecto de ser colegiales sorprendidos en pleno hurto de una caja de lápices de colores.

Encontré a Paulino Pardal Castro en la carpeta número treinta y ocho. Era la misma cara que, de pronto, recordé de la mili. Allí estaba de frente, de perfil derecho y de perfil izquierdo con el número de serie estampillado en el pecho. Quizá con la nariz más grande, la cara más hinchada y el brillo de los ojos que se tiene en la juventud, transformado en un destello de rapacidad. Pero la misma calva absoluta, el cráneo pelado que le daba ese aspecto entre juguetón y astuto.

Paulino. El que contaba chistes, el furriel de la compañía que vendía los sacos de pan por docenas, en connivencia con el sargento de cocina y el capitán. Si querías un bocadillo más sustancioso y más barato que en la cantina, tenías que acudir a Paulino. Siempre vendía o compraba algo: relojes, transistores, pases de pernocta, tijeras, hilo o preservativos.

Y ahí estaba, en tres fotografías encima de sus huellas dactilares en una ficha de la Dirección General de Seguridad. Había nacido en 1940 en una aldea de Lugo. Sus padres tenían una pensión, La Maravilla del Viajero, en la capital y cuando se murieron, Paulino y sus hermanos Indalecio y Heliodoro crearon una empresa de taxis.

En 1965 cumplió una condena de seis meses por juego ilegal y tres años más tarde es sobreseída una causa contra la empresa de taxis de los hermanos Pardal, acusados de contrabando y del paso ilegal de trabajadores portugueses a España y Francia. El informe terminaba en 1974 y no hacía ninguna referencia a la empresa de transportes. No cabía duda de que los hermanos Pardal habían prosperado desde entonces. Lo que no había conseguido Paulino era tener pelo en la cabeza, a juzgar por las fotos.

—La identificación del otro, ese pistolero que decías, va a ser un poquito más difícil, Carpintero —dijo Garrido—. Si fuera francés o italiano o negro, por ejemplo, facilitaría mucho el tema.

—No parecía extranjero. Es rubio, delgado, estatura media y de alrededor de cuarenta años, un verdadero profesional. Eso es lo único de lo que estoy seguro, no era un aficionado.

—¿No sería sudaca? Ahora tenemos a muchos argentinos, chilenos, colombianos...

—No creo. Quizá tuviera un cierto acento gallego.

—Mira con lo que me vienes. ¿Tú crees que tenemos las fotos clasificadas por autonomías? No me fastidies.

Se puso en pie y cerró el periódico. Miró el reloj.

—Puedes darme las fotos de los más peligrosos, de los profesionales. No tengo prisa.

Se encogió de hombros.

—Si quieres... Te vas a quedar bizco de mirar fotos. —Avanzó hasta la puerta—. Te las traeré luego, ahora voy a tomarme algo, llevo todo el día aquí. —Titubeó un poco—. ¿Vienes?

Salimos por la puerta que da a la plaza de Pontejos, bajamos a la calle del Correo en silencio y entramos en la cafetería Riesco, en la esquina de Mayor. Nos sentamos en un lugar cercano al balcón, que Garrido tenía reservado.

Estábamos bebiendo gintonics, cuando un individuo vistiendo un jersey de lana grueso, gordo y con el rostro sanguíneo se sentó a nuestra mesa con un enorme plato de natillas.

—¡Qué es lo que veo, a Garrido con Toni! —dijo el tipo, y nos palmeó la espalda a los dos. Era Vinuesa, pero se había afeitado el bigote. Vinuesa estaba en la Inspección General de Servicios desde hacía al menos veinte años—. Si me lo hubiesen contado, no me lo creería. ¿Qué andáis tramando, eh? Par de golfos.

Le saludé. Garrido se limitó a gruñir algo y a seguir mirando la calle con expresión desdeñosa. Vinuesa comía las natillas dando sorbetones.

—Me he enterado de una cosa... para mearse —dijo Vinuesa, con la boca llena—. Me lo ha contado Ramírez, que está en la comisaría ahí en la calle de la Escuadra... para mearse. ¿Conocéis a Ramírez? ¿Eh, conocéis a Ramírez?

Garrido no contestó y yo le dije que no lo conocía.

—Pues me ha contado, es para mearse, me ha contado que han detenido a un abogado especializado en divorcios que mandaba tarjetas perfumadas a todos los tíos de su barrio en las que escribía «Pienso mucho en ti, llámame», y firmaba «Quien tú sabes». —Soltó una carcajada que retumbó en el local. Las natillas se le escurrían por la comisura de los labios—. ¿No es para mearse? La de peleas que se debieron organizar en el barrio. ¡Qué tío, el abogado!

Una niña de no más de diez años, vestida con andrajos de colores y la cara sucia le tiró de la manga a Vinuesa y le tendió la mano. Tenía ojos negros y grandes.

—No doy limosnas, ¡coño! —dijo Vinuesa. Acudió el

camarero que llevaba una bandeja en la que había un plato con dos huevos fritos y una salchicha.

—¡Te he dicho que no entres aquí! ¡Vamos, a la calle!

Empujó a la niña, pero se había aferrado a la manga de Vinuesa y no se soltaba. Vinuesa comenzó a apartarle los dedos.

—Toma —dijo Garrido y le tendió una moneda de cien pesetas. La niña la apretó contra su pecho, nos miró a todos y salió de estampida.

—Se cuelan como ratas, no hay manera —dijo el camarero—. Hoy la he echado a la calle tres veces.

Vinuesa siguió sorbiendo natillas.

—Es portuguesa —dijo Garrido—. Gitana portuguesa.

El camarero se marchó con su plato de huevos fritos, moviendo la cabeza con desaprobación.

—Son peores que los gitanos españoles —dijo Vinuesa con la boca llena—. Todos mangantes. Vienen familias enteras a hacer la España, como dicen ellos, y se tiran aquí tres o cuatro meses, juntan el dinero que han sacado pidiendo y, ¡hala!, para casa. Y no veas el jornal que se sacan. Piden los padres, los abuelos y los niños, al final es un capital. Los gitanos es que son la hostia. Fíjate lo que me ocurrió una vez con un gitano portugués, muy gracioso, muy simpático, que le vendió a mi suegro hace muchos años tres mulos en Salamanca. Así, de vista, daba gusto ver a los animales, pero el cabrón les había quitado unos cuantos dientes y les había tintado el pelo, eran más viejos que Matusalén.

—Vinuesa rebañó el plato de natillas hasta que quedó limpio y luego encendió un cigarrillo y se retrepó en el asiento—. No veas cómo se puso mi suegro. Yo estaba en Zamora, recién casado, y me mandó llamar. Total que fui a la busca del gitano y lo encontré en Espeja, que está en la raya con Portugal. ¿Y sabéis lo que me dijo el cachondo del gitano? Bueno, le puse la pistola en la sien y el tío empezó a temblar. «No me mate usted, señor policía, tenga usted una caridad —me decía—, que le he puesto los mulos guapos para mejor servirle.» ¿Os dais cuenta? ¡Qué jodío de gitano!

—¿Y lo mataste? —preguntó Garrido.

—¡Quita, hombre! Le saqué otros dos mulos más, gratis. Mi suegro se puso contentísimo. Fíjate, cinco mulos por el precio de tres.

Garrido se bebió de golpe lo que le quedaba de bebida y se puso en pie.

—Yo voy a volver, ¿tú que haces, Carpintero?

—Creo que ya lo tengo —le dije.

Allí estaba el portugués con su pelo rubio, medio rizado, los ojos fríos y la nuez prominente. La ficha era de la Brigada de Extranjeros, no tenía antecedentes penales. Se llamaba José Tántalo Sousa Lopes y era natural de Évora. Tenía cuarenta y dos años y había conseguido la nacionalidad española al casarse con Margarita Moreno García, dos meses después de cruzar la frontera en mayo de 1974.

Había sido sargento instructor de la PIDE, la policía política de Salazar y figuraba como representante en el casillero de profesión. El domicilio que declaraba era Pez, 18, 3.º izquierda.

Desde allí mismo llamé por teléfono. Era una pensión y no recordaban a ningún portugués con ese nombre. En esa pensión siempre se alojaban muchos portugueses.

¿Por qué no me había matado el portugués? Eso no tenia mucho sentido. Era un profesional y los profesionales no dejan testigos. Podía haberme hecho lo mismo que le hizo a Vanesa pero algo se lo impidió. Algo o alguien. ¿Quién? ¿Paulino?

Encima del edificio de la pastelería La Mallorquina ya habían encendido el anuncio. El rostro de Hortensia, la madre de Cristina, sonreía con una lata de la famosa y barata carne picada Fuentes en la mano.

Di media vuelta y caminé hacia la calle Espoz y Mina. Los chaperos me miraron y torcieron la cabeza hacia otro lugar. La calle estaba muy animada.

Entré en el Danubio, que estaba lleno de parroquianos.

—¿Tu mesa, Toni? —me preguntó Antonio, el sobrino del dueño, que cada vez estaba más gordo y colorado.

—Sí, y ponme un Moriles. ¿Qué tenéis para cenar?

—Te vas a chupar los dedos —dijo el chico—. Una carne picada que no veas.

—No se te ocurra. Quiero dos huevos fritos con tomate.

25

Faustino, el portero del club New Rapsodias, se apoyaba displicentemente en la puerta hablando con un sujeto pequeño y jorobado que asentía moviendo mucho la cabeza. El portero parecía decirle algo de suma importancia.

Era un sujeto menudo y fibroso, demacrado y con los ojos caídos y rodeados de círculos oscuros. Se peinaba con mucha agua y las patillas le bajaban hasta la mandíbula. Se decía que vivía de chulear a dos mujeres, una de ellas su hermana.

Faustino dejaba la boca abierta al terminar cada palabra y la dejó así al verme. El jorobado pareció achicarse, tenía el rostro afilado, la mirada baja y la sonrisa fácil. Era el Chancaichepa.

—Buenas noches, Chancai —le dije al jorobado, mientras expulsaba el humo de mi Villamil, labor canaria—. ¿Cuándo has salido del *trullo*?

El Chancaichepa había trabajado de *gazapo*, esto es de *consorte* de un ladrón de domicilios, que suele colarse por el hueco del ascensor o pequeñas ventanas. En la comisaría se decía que el Chancaichepa era medio mono, capaz de trepar por una pared lisa quitándose los zapatos. Decían que tenía los pies prensiles. Ahora parecía viejo y apaleado.

—Van a ser tres meses, caballero —contestó sin levantar los ojos del suelo.

—Estamos tratando de que monte aquí, en la calle, un chiringuito con tabaco para el servicio de los clientes. Pero el Antonio no lo ve claro —dijo Faustino.

—Tengo licencia de reventa. ¿La quiere ver usted?

Empezó a rebuscarse en los bolsillos.

—No hace falta. Ya no estoy en la *pasma*.

—Aquí no hace mal a nadie, pero ya sabes cómo es el Antonio, como se le meta una cosa en la cabeza...

El Chancaichepa levantó los ojos del suelo y me dirigió una mirada húmeda.

—¿No está usted en el *gobi*? —me preguntó con voz suave.

—He dejado la comisaría.

—No lo sabía.

—Pues ya lo ves, Chancai.

Se pasó una mano larga y huesuda por la boca y se agitó como si tuviera calambres.

—Verá usted, señor Toni..., no se moleste usted, pero si consiguiera que don Antonio diera el permiso le podría dar un cartoncito de rubio americano todos los días.

—¡Coño, macho, ni que fueras *Rochil*! —exclamó Faustino—. Si te lías a dar cartones a todo el mundo te vas a quedar *crujío* antes de empezar. No fastidies.

—El suyo es aparte, don Faustino. Pierda usted cuidado que también le tocará.

—¿Pero sabes tú lo que son tres cartones diarios, macho?

Las luces del club New Rapsodias chisporroteaban en la calle Desengaño, iluminando la fachada donde estaban expuestas las fotografías y el cartel que anunciaba que los viernes se sortearía entre todos los asistentes a la primera *vedette* para una cena pagada. Se llamaba Patricia y aparecía desnuda, sentada en una silla, con un enorme sombrero vaquero calado hasta las cejas y abrazada a una guitarra. En la fotografía habían escrito: «De las Vegas a Madrid.»

En realidad era americana auténtica y se llamaba de verdad Patricia. Había nacido en el estado de Utah, pero llevaba viviendo en el piso de encima del bar Los Pepinillos más de veinte años. Todo el mundo la llamaba Patri, menos las chicas del Club que le decían «la hija de Utah». Yo la había escuchado cantar un par de veces y resultaba exótica. Le daba un toque mundano al New Rapsodias.

Aplasté la colilla del puro con el pie y me dispuse a entrar en el Club. Por la música que se filtraba a través de la puerta, supe que Lola estaba terminando su número de sambas. Faustino y Chancaichepa seguían discutiendo.

El jorobado me tomó del codo cuando iba a atravesar las cortinas.

—Señor Toni... —jadeó—, haga usted que don Antonio me deje poner el quiosquito en la puerta.

No le dije ni que sí ni que no, pero la presión de su mano permaneció en mi chaqueta mientras entraba en el local y el olor a perfume rancio, sudor y humo me devolvió al tiempo en que yo iba a ver a Lola cada noche.

Antes había sido un lugar luminoso y casi alegre, con sus pinturas de cocoteros y mulatas en las paredes y la tapicería roja en los sillones, haciendo juego con las ropas de las *vedettes*. En aquel tiempo, los señoritos de bigotitos recortados, los estraperlistas y los funcionarios del régimen venían a gastarse el dinero. Se llamaba el Rapsodias.

Pero Antonio, el dueño actual, lo había reformado según sus propios criterios sobre lo chic y lo distinguido. El resultado era una mezcla entre vestíbulo de teatro de provincias y cafetería de carretera.

Tenía actuando a seis artistas fijas y a dos contratadas, Perla Carioca y Patri la primera *vedette*, que tenía un lío con el Antonio que duraba ya quince años.

En el local había entre doce y catorce hombres que producían un moderado ruido con sus risas y voces. La barra estaba vacía, atendida por el propio Antonio y un viejo camarero llamado Viriato, antiguo cabo de la Guardia Civil en la Línea de la Concepción, expulsado del Cuerpo por estar relacionado con la ruta del Chesterfield.

En ese momento actuaba el gran Rocki Boleros con su traje gris cruzado. Cantaba: «... primera vez que te vi, yo me enamoré locamente de ti...», abriendo los brazos y cerrando los ojos. Rocki Boleros había sido, en sus tiempos, cantante protesta. Me gustaba más ahora; nadie como él interpretaba boleros.

Me acodé en el mostrador y acudió Antonio. Era un sujeto grande y gordo que parecía gordo, con la raya en medio de la cabeza, trazada con regla, y los mofletes como nalgas de bebé.

—Vaya, hombre —dijo, limpiando el mostrador con una servilleta—. Mira quién está aquí. ¿Te pongo algo?

—Gintonic, pero el de los amigos. No quiero volverme ciego o paralítico.

—Siempre con tus bromas, qué gracioso eres.

Me lo puso de una botella en la que ponía Gordons. Bebí un trago, era garrafón del malo. Lo dejé en el mostrador.

Antonio me miró fijamente.

—Nadie se ha muerto todavía. No seas señorito.

—No, se quedan paralíticos.

Viriato vino arrastrándose y colocó una botella de ginebra de la misma marca al lado. Tosió un poco y se marchó. Antonio emitió un largo suspiro y guardó el vaso bajo el mostrador. Antonio no era de los que tiran por tirar. Sacó otro vaso con hielo y vertió ginebra de la nueva botella. Chasqué la lengua y le hice un gesto de saludo a Viriato.

—¿Estás contento ahora? —me preguntó Antonio.

—Sí.

—Pues éste lo tienes que pagar. Te invitaba al otro.

—Lo iba a pagar de todas maneras, Antonio. A propósito, ¿sabes el nombre del nuevo comisario de Centro?

—Centeno, Julián Centeno.

—Compañero mío. ¿Lo sabías?

—Sí.

Limpió de nuevo, innecesariamente, el mostrador, con los ojillos entrecerrados. Eché otro trago de ginebra.

—Quiero que me hagas un favor.

—Tú dirás.

—Ahí fuera hay un amigo mío, le llaman el Chancaichepa. Quiere poner un tenderete con tabaco en la puerta. Parece que tú no le dejas.

—No me hables de ese jorobado de mierda. Mucha gente se acuerda de que no tiene tabaco antes de entrar y si se lo compran al joroba ese, yo me quedo sin el gasto. No, que se joda.

—Es una lástima, Antonio, porque tienes a los empleados sin seguridad social, cierras tres horas después de cuando se debe y no cumples las normas municipales de seguridad. Ni siquiera tienes un extintor viejo para disimular.

Bebí otro trago. Lola ya debería de haberme visto. Antonio siguió limpiando el mostrador. Levantó los ojos.

—¿Y tú me harías eso? ¿Tú?

Sonreí.

—Haz la prueba.

—Esto me lo pagarás algún día.

—El Chancaichepa no va a molestar a tu negocio.

Dejé un billete de quinientas pesetas sobre el mostrador y entonces escuché un taconeo detrás.

—¿Ya te marchas? —dijo Lola.

El pelo negro le caía por detrás hasta casi la cintura, sedoso y suelto, atado con una cinta verde. Vestía un traje escotado del mismo color que la cinta. La piel de los pechos era tersa, movible y podía adivinar que olerían a esa mezcla de tenue perfume de limones que se echaba y a una lejana fragancia de leche agria. Cristina era delgada, fibrosa, de pechos menudos y duros como neumáticos. Lola tenía la mejor grupa que podía tener una mujer.

—Tómate lo que quieras, Lola —le dije yo.

—Una menta picada, Antonio —dijo ella.

Antonio se fue a prepararla.

—¿A qué has venido, Toni? —Se acodó en el mostrador, cerca, y levantó los brazos para echarse el pelo hacia atrás.

Eso es algo que no soporto. Lola no se depilaba las axilas, se las recortaba, y desde que cumplí los catorce años la visión de una mujer con los brazos alzados me ha producido taquicardia. Giré unos centímetros y recogí el billete de quinientas pesetas que había dejado en el mostrador.

—No me has respondido, Toni. ¿A qué has venido?

—No lo sé.

—¿No lo sabes?

—Creo que no.

—Ésta es la última semana que actúo en este antro. Me marcho dentro de tres días. —Sonrió dulcemente, sin mover apenas los labios—. Estoy ensayando una revista preciosa.

Llegó Antonio con el vaso verde de menta picada y lo dejó sobre el mostrador. La media sonrisa que anunciaba su boca me dio a entender que sabía ya lo mío con Lola.

—Ponme otra ginebra —le dije.

Bajó la mano y sacó del mostrador el vaso que yo había dejado antes.

—Bueno —dije y bebí un sorbo. Lola ya había bebido de su vaso.

—¿Ahora está bueno, eh? —dijo Antonio.

—Piérdete, esto es una conversación privada.

—Vale —contestó y se marchó. Parecía divertirse mucho.

—Después de la revista quiero hacer comedia, teatro, ¿sabes? Estoy en clase de dicción y de interpretación. Me las da un chico muy fino y muy elegante, listísimo. Se llama Guillermo Heras. ¿Lo conoces?

—No.

—Es un director de teatro importantísimo.

—Me alegro mucho.

—A ti te da igual que yo quiera ser actriz, Toni. Nunca te ha importado. Siempre he querido ser actriz, desde niña.

—¿Tu empresario no te da clases, también?

—Qué poca gracia tienes, Toni. Y lo malo es que te crees muy gracioso. Ríete si quieres de él, pero me quiere, ¿sabes? Y nos vamos a casar enseguida. Es un hombre serio, formal y tú no eres nada, un desgraciado muerto de hambre. Eso es lo que eres.

—¿Y ya tenéis piso?

—Sí, ya tenemos piso.

Bebió otro trago de su menta.

—Enhorabuena.

—¿Tenemos que enfadarnos? ¿Por qué no eres como todo el mundo? Lo nuestro estuvo bien, tú eres... Pero yo quiero otra cosa. ¿Sabes cuántos años tengo?

—Treinta y cinco.

Sonrió dulcemente.

—Cuarenta.

—Me habías dicho treinta y cinco.

—Tengo cuarenta y quiero tener hijos, una casa con jardín, un hombre bueno que me respete, salir con mi hijo al parque a darle la merienda, y cuando sea mayor esperarlo en la puerta del colegio. ¿Tú crees que a una mujer le puede gustar esto? —Hizo un gesto con la mano.

Miré el local. Dos hombres entraron con las corbatas aflojadas y se sentaron en un rincón. Manuela se levantó de una mesa en donde estaba con otras tres mujeres que no distinguía y se acercó a ellos con la sonrisa en los labios. Rocki Boleros cantaba *Si yo encontrara un alma como la mía*.

—¿De verdad tú puedes creer que esto puede gustarle a alguna mujer? —repitió—. ¿Salir medio en pelotas para que los tíos te miren y se calienten y luego te inviten a copas? ¿Eso es vida? No fastidies, Toni. Los tíos me dais asco, no tenéis ni idea de cómo es una mujer, ni de lo que piensa.

—Me estabas hablando del teatro y ahora me dices que lo que quieres es tener una casa con jardín.

—No lo vas a entender nunca.

—Ya no tienes edad para tener hijos.

—¿No? ¡Qué sabrás tú! Mi madre tuvo al Gustavito con cincuenta y dos años, para que te enteres. Además, me da igual, adopto a uno. Y no sé por qué te cuento todas estas cosas.

Antonio se acercó desde el otro extremo de la barra, donde se habían acodado tres hombres que se daban palmadas en los hombros. Uno de ellos gastaba gafitas redondas, era medio calvo y con un poco de barriga.

—Lola, hay que currar un poquito, ¿no? ¿O te vas a tirar toda la noche de cháchara?

—Sí, ahora voy. —Me puso la mano en el hombro y después me acarició el pelo de detrás de la oreja con la mirada puesta en otro lugar—. Las bragas que se dejó la chica en tu casa eran muy bonitas, muy caras, compradas en París... A lo mejor has dado un braguetazo, Toni. ¿La quieres?

—Lees muchas fotonovelas.

—¿Tú crees? Si te hubiera sido indiferente no me hubieras dejado marchar el otro día de tu casa. Algo te debió de pasar con ella. Esas cosas una mujer las nota y yo me di cuenta. Fíjate el tiempo que has tardado en venir a verme. ¿Es guapa?

—Sí, es guapa. Pero muy distinta a ti.

—Todas somos distintas.

Dejó de tocarme el pelo bruscamente y se estiró el vestido. Suspiró y observó fugazmente a los hombres del mostrador.

—Bueno, a currar —dijo—. A que me toquen un poquito.

—Menos mal —dijo Antonio—. Me estaba emocionando. ¿No os dais un besito de despedida?

Lola me miró fijamente a los ojos sin hacerle caso a Antonio.

—Tienes las cosas en casa, en una bolsa. No las he tirado. Ve cuando quieras a por ellas. Siempre... siempre seremos amigos, ¿vale?

—Vale. Y sabía que no las tirarías. Eres una buena chica, Lola. La mejor de todas, yo...

—No digas nada. Hasta pronto. Y que tengas suerte, Toni.

—Y tú también. —Me bebí de golpe la infecta ginebra de barril de Antonio y contemplé cómo Lola caminaba hasta el grupo de hombres que se abrió para dejarla en el centro. Las risas subieron de tono. Ella se recostó en uno de ellos, y sus pechos se aplastaron contra la chaqueta.

—Muy emocionante, Toni. Casi lloro. Deberías trabajar en la televisión.

—Antonio —le dije—, acércate un momentito.

Adelantó la cabeza por encima del mostrador. Apestaba a colonia barata. Me coloqué a su lado como si fuera a confiarle algún secreto. Le tomé de la corbata por el nudo y tiré hacia abajo. Un sonido gutural salió de su garganta. Sentí cómo se ahogaba.

—Escúchame con atención, porque no te lo voy a repetir.

Intentó apartarme la mano. Seguí apretando. El rostro porcino estaba púrpura.

—El Chancaichepa va a colocar el quiosquito fuera, ¿verdad? Si no, voy ahora mismo a la comisaría. No oigo lo que me dices.

—Estás loco, sí, loco.

—¿Sí o no?

—Está bien. —Su mirada era de desprecio y de odio—. Que se ponga en la puerta ese jorobado de mierda.

Salí del New Rapsodias escuchando la risa de Lola. Una risa cantarina y alegre, espontánea. La risa de alguien que aún no ha olvidado reírse.

26

Las luces de neón de la entrada debieron de darle de frente al Chancaichepa porque sus ojos parecieron humedecerse.

—¿Está usted seguro, jefe?

—Sí —le dije yo.

—¿Y no tendré que darle un cartón?

—No tendrás que dar ningún cartón, Chancai. Ni al Antonio ni al Faustino.

El portero se estaba hurgando un diente con la uña del dedo meñique y se sobresaltó.

—Tú no te metas donde no te llaman, listo. ¿Qué tienes tú que decirle al Chancai, eh? Tú ya no eres nadie, no estás en la *bofia*. Así que no la líes más y ábrete.

—¿Qué has dicho, Faustino? No lo he oído bien.

Me acerqué unos pasos. El portero se apoyó aún más en la jamba de la puerta.

—¡Hombre, Toni, es que habíamos quedado en el cartoncito de tabaco!

—¿Y qué más?

—Bueno... y que vienes tú y le dices que no me lo dé.

—Si te lo da, será porque quiera. Tú aquí no pintas nada, Faustino. No eres el dueño de la calle. Ni tú, ni Antonio. El Chancai tiene licencia de venta callejera.

—Sí, señor —dijo—. Al día la tengo, legal. Sí, señor.

—Entérate de una vez, Faustino, porque no te lo voy a repetir más. Éste va a colocar aquí su chiringuito y si le haces algo, la mínima cosa, te tragas la gorra. ¿Te has enterado? Dime que te has enterado, Faustino.

—Sí, me he enterado.

—Más te vale.

—¿Va usted hacia abajo, señor Toni? —me preguntó el jorobado.

Le dije que sí.

—¿Me va a permitir usted que le convide a lo que quiera?

—Vamos.

Los dientes crujieron bajo las mandíbulas del Chancaichepa como si llevaran música. No estaba muy acostumbrado a sonreír, pero movió los labios y enseñó parte de la dentadura negra y escasa. Parecía una puñalada en un tomate podrido.

Fuimos por la calle Desengaño rumbo a la de la Luna. El Chancai se agitaba con cierto ritmo y vaivén, con las piernas ligeramente arqueadas y la vista en el suelo. La joroba le abultaba la chaqueta como un pecado que pugnara por salir.

Cerca de la Comisaría de Centro, torció por la calle Pizarro.

—Perdone, pero el *gobi* me da aprensión, ¿sabe? Si no le importa conozco un barecito ahí en la calle del Pez.

—No quiero andar demasiado, Chancai. Invítame a una cerveza aquí mismo.

El bar se llamaba El Ruedo y había sido de un antiguo banderillero del diestro Chacarte, llamado el *Niño de la Tomasa*, que murió de delírium trémens después de una juerga de tres días. El bar lo regentaba su hermana, pero antes, cuando yo estaba en la Comisaría de Centro, íbamos allí algunas veces a jugar al dominó. Ahora no merecía la pena.

Nos acomodamos en un rincón. La parroquia era escasa: un tipo bigotudo que vestía un traje mil rayas demasiado estrecho y que comía cacahuetes sujetándolos con la punta de los dedos y dos borrachos que parecían hermanos y que murmuraban con expresión sombría.

La hermana del banderillero se acercó a nuestra mesa con las mismas ganas que lo haría un condenado a la horca y apoyó una gruesa mano en el respaldo de la silla del Chancaichepa. La mujer era bajita, gorda, vieja y con demasiado carmín bajo la nariz.

—Vamos a cerrar —gruñó con voz ronca.

—Dos cervezas, por favor. Muy frías —indicó él.

—Las beberemos rápidamente —le dije yo.

—Dentro de cinco minutos echo el cierre y me largo a mi casa. Ustedes verán. Porque ya está bien, ¿eh? Me cago en la mar... que lleva una aquí desde las siete de la mañana. Vamos que ya está bien.

—Sí, señora —dije yo, y el Chancai sacó de las profundidades de su chaqueta un paquete de Pall Mall extralargos. Le ofreció a la mujer con un gesto distinguido.

—¿Hace un cigarrito?

—Bueno. —Cogió uno y se lo introdujo entre los labios como si se lo atornillara.

Cerró los ojos, frunció la boca y agachó la cabeza, aguardando a que le diera fuego.

Cuando lo encendió, escupió el humo.

—¡Umm!, muy rico... muy rico.

—¿Le agrada?

—¡Uy!, ya lo creo.

—Pues tome usted el paquete, se lo regalo.

Lo cogió con un movimiento rápido.

—¿Para mí?

—Sí, señora. Para usted, si me permite el regalo.

—¡Uy!, pues muchas gracias.

—¿Nos trae las cervecitas, señora?

—¿Muy frías, no?

—Sí, señora —dijo él—. Si puede ser.

—Las tengo en el congelador. En seguidita se las traigo.

Trajo las cervezas y los dos bebimos un trago sin utilizar los vasos. Ella se colocó al otro lado del mostrador, sujetando el cigarrillo extralargo entre los dedos como si fuera una de las banderillas de su hermano.

—No sería mala idea que le dieras al Faustino un cartón de tabaco de vez en cuando. Conviene que te lleves bien con él, Chancai. De ese modo lo tendrás a tu lado.

—Sí, señor Toni, ya lo había pensado.

—Tú conoces muy bien el barrio, Chancai, no se te escapa nada. Llevas aquí muchos años y te sabes de memoria cada uno de sus rincones. Quiero que me hagas un favor.

—¿Un favor?

—Sí, un favor.

—Usted dirá.

Acabé la cerveza y encendí uno de mis cigarrillos. El tipo del bigote que comía cacahuetes comenzó a cantar una soleá en voz baja. Se acompañaba dando golpes en la mesa. No lo hacía mal. Su voz era cortante y carrasposa, quebrada.

—Quiero saber dónde vive José Tántalo Sousa.

Estaba bebiendo cerveza y se atragantó. Su rostro afilado se congestionó por la tos.

—Perdone.

Se pasó una mano larga y huesuda por la boca.

—¿Qué ha hecho el Loco Sousa? —preguntó en voz baja.

—Eso es asunto mío.

—Jefe, ese hombre está loco. Loco de verdad. —Se inclinó sobre la mesa y bajó aún más la voz—. Es capaz de cualquier cosa, es muy peligroso.

—¿Dónde vive?

—No lo sé, jefe, de verdad. —Negó con la cabeza—. Eso no lo sabe nadie. El Loco Sousa viaja mucho. Un día está aquí y otro... Dios sabe.

—Está con Paulino Pardal, el de la agencia de transportes, y me han dicho que se les ve por la plaza del Dos de Mayo.

Asintió.

—Eso también lo he oído yo, jefe. Pero no sé nada del Loco Sousa, lo juro.

—No jures tanto. —Saqué un bolígrafo y apunté mi dirección y mi teléfono en un trozo de papel—. Jurar es una fea costumbre.

Le tendí el papel y se lo guardó en uno de los bolsillos de su chaqueta.

—Averigua dónde vive Sousa y me pasas la información. Si no cojo el teléfono, vas a verme a mi casa. Me urge mucho. ¿Lo has entendido?

—Jefe...

—Chancai, te conviene tener amigos. No seas idiota.

Me observó con sus ojillos astutos, fríos como cagaditas de rata.

—Estoy retirado, jefe, ya no tengo edad para trabajar. Lo del chiringuito de tabaco es lo único que me queda. Si se entera el Loco que yo he largado de él es capaz de matarme. Usted no sabe cómo es el Loco, jefe.

—Nadie se va a enterar de que me lo has dicho tú. Pero si te haces el listo conmigo, será peor. Vas a tener que vender tabaco en el asilo.

El cantaor flamenco cerró la boca de pronto. La mujer dio una palmada en su mesa y cruzó los brazos sobre el pecho.

—¡Ya está bien de tanto cante, coño! ¡A la puta calle, que voy a cerrar! ¡Venga, a la calle todos!

Los que parecían hermanos, y que no habían dejado de murmurar por lo bajo, se levantaron y abandonaron el local en silencio. El cantaor parecía estar demasiado borracho para comprender las cosas a la primera. Tenía ojos grandes, enrojecidos, y el rostro apacible con arrugas que parecían cortar el bigote en diagonal.

La mujer se puso a gritarle de nuevo y nosotros nos levantamos al mismo tiempo.

—¿Qué se le debe aquí, señora? —pregunté yo.

La mujer miró al Chancaichepa.

—Tengo el gusto de invitarlos.

—Insisto en pagar, señora —dijo el Chancaichepa.

—Otro día —dijo la mujer—. Vuelvan ustedes otro día y entonces me pagan, ¿eh?

El cantaor se levantó entonces con gran dignidad, despacio, con pasos medidos, sin tambalearse, dijo buenas noches y salió del bar.

—¿Me permite ayudarla a colocar las sillas, señora?

—Con mucho gusto, pero no me llame señora, llámeme Asun.

—Asun es muy bonito.

—¿Y usted cómo se llama?

—Constancio Melero, para servirla.

Di la vuelta a la mesa y me dispuse a salir. Le dije al Chancai:

—Acuérdate de lo que te he dicho. Que no se te olvide.

—Pierda usted cuidado, jefe —me respondió.

Se había levantado un aire suave que había refrescado la noche. Caminé calle Pizarro arriba, hasta que desemboqué en la Luna. Esta vez no pasé frente al New Rapsodias, tiré por la Gran Vía hasta la plaza de Callao.

Tenía la sensación de continuar escuchando la risa de terciopelo de Lola.

27

Al otro día encontré a Ricardito Conde, alias *Dartañán*, a las diez de la noche en un bar pequeño de Lavapiés llamado El Escalón. Estaba con su perro *Rumbo Norte* y mantenía una animada charla con dos parroquianos atentos.

Seguía siendo un tipo delgado, moreno y con un afeitado perfecto. Gastaba un fino bigote blanco y sus ojos azules le daban el aspecto juvenil que poseen casi todos los falsificadores y tahúres.

—Si no se lo creen —estaba diciendo Dartañán— pueden apostar lo que quieran. Yo no engaño a nadie. Este perro es una maravilla. Único en el mundo.

Me situé en el mostrador y le pedí una cerveza al tabernero. Dartañán gesticulaba y los dos parroquianos y el tabernero miraban con desconfianza al perro, tendido en el suelo y aparentemente dormido.

—Eso me gustaría verlo —dijo el camarero, y me sirvió el botellín sin mirarme.

—Cuando usted quiera.

El tabernero llenó una copa de Moriles y se la dio a Dartañán.

—Ahora llene otra de cualquier cosa, ron, vino, whisky, lo que quiera —indicó Dartañán.

—¿Valdepeñas?

—Sí, Valdepeñas, vale cualquier cosa. —Dartañán se excitaba por momentos—. Ahora, señores, hay que apostar. —Se dirigió a los dos parroquianos—: Mínimo mil pesetas.

Uno de ellos colocó un billete verde sobre el mostrador. Era un sujeto delgado, con gafas gruesas.

—O sea —dijo— que el perro encuentra los dos vasos, se bebe el Moriles y deja el otro, ¿no?

—Eso es —afirmó Dartañán—. Lo esconda usted donde lo esconda.

—¿Tiene usted dinero para responder? —intervino el otro parroquiano, un sujeto de edad madura, vestido con una gabardina bastante sucia—. Me gustaría ver su dinero.

Ricardito Conde, alias *Dartañán*, mostró un fajo de billetes y los tres hombres lo contemplaron con codicia. Sólo yo sabía que eran verdaderos el primero y el último. El tabernero abrió entonces la caja registradora y sacó otro billete de mil pesetas que colocó al lado del anterior.

—Aquí está el mío. Vamos a ver lo que hace el perro este.

El parroquiano de la gabardina dudaba. Se rascaba la cabeza sin decidirse.

—Venga, hombre —le impulsó el otro—. No te preocupes, yo mismo esconderé los vasos. Tú, tranquilo.

—Está bien. —Dejó su billete—. Voy con mil.

Dartañán se volvió para dirigirse a mí. Sus ojos chispearon unos instantes.

—¿No quiere usted jugar, señor? —me preguntó.

—Lo siento —le respondí—, pero sólo llevo encima cien pesetas. ¿Cuál es la apuesta mínima?

—No sirve —me contestó y me observó con atención otra vez—. ¿No tiene mil pesetas?

—No.

—Bueno, ya está bien de cachondeo —dijo el parroquiano tripudo—. Yo voy a esconder los vasos y el perro los va a encontrar, si puede. Y cuando los encuentre —se dirigió al de la gabardina— se tendrá que beber el Moriles y dejar el otro vaso. ¿Es así, no?

—Exactamente —contestó Dartañán.

El sujeto se quitó la chaqueta y cubrió la cabeza de *Rumbo Norte*. El perro ni se inmutó.

—Así estoy más tranquilo.

Tomó los dos vasos y salió del bar. Volvió enseguida y le quitó la chaqueta al perro. Su rostro resplandecía.

—A ver si lo encuentras, guapo.

—¿Me da otra copita de Moriles? —le pidió Dartañán al camarero y éste se la sirvió ante la expectación de los asistentes. La olió, tomó un sorbo, se agachó y se la puso delante al perro.

Rumbo Norte enderezó las orejas y se levantó despacio. Podría pesar ochenta kilos, parecía un cruce entre mastín y yegua. Bostezó y miró a su amo con ojos humanos. Dartañán le acercó la copa y el perro sacó una enorme lengua blanquecina y de un par de lametazos se bebió el moriles.

Dio un aullido de satisfacción, movió el rabo y con un ligero trote, bamboleando la cabezota, se dirigió a la puerta. Los parroquianos y el camarero salieron tras él.

—¿Qué quieres? —me preguntó entonces Dartañán.

—Hablar contigo, Ricardo.

Se escucharon interjecciones desde la puerta, voces y, otra vez, el aullido de *Rumbo Norte*.

—¿Nunca falla? —le pregunté.

—Nunca.

El perro y los tres hombres entraron en el local. El de la gabardina parecía estar acalorado.

—¡Tiene que haber truco, me cago en la leche! Esto es imposible. —Dartañán cogió los tres billetes de mil pesetas del mostrador y, despacio, se los guardó en el bolsillo de su elegante chaqueta. Acarició al perro. El sujeto se puso delante—: ¿Dónde está el truco? Díganoslo.

—No hay ningún truco. Usted ha perdido una apuesta. Eso es todo.

—¡Que no hay truco, me cago en...!

El tabernero lo cogió del brazo.

—Espera, Vicente, que hemos visto todos cómo el jodido perro encontraba la copa y se la bebía. Hay que conformarse.

—Si lo cuento no se lo cree nadie, por mi madre —dijo el otro hombre—. He puesto las copas detrás de un buzón de Correos y el perro las ha olido.

—Señores —dijo Ricardo y le hizo una seña al perro—. Buenas noches.

Pagué mi cerveza y salí tras él. Los tres hombres continuaron discutiendo.

Atravesamos la plaza de Lavapiés en silencio y caminamos por la calle Jesús y María de la misma forma. Andábamos al paso del perro, que se ahogaba continuamente. Cuando llegamos a la ferretería El Siglo Veinte nos detuvimos. Dartañán abrió una cancela de hierro, quitó un candado y subió el cierre del establecimiento.

Entramos en la tienda. Estaba oscura y silenciosa. Un mostrador de madera la recorría de parte a parte, pero apenas si se distinguían las estanterías repletas de los objetos viejos e inservibles que le gustaba guardar a Dartañán.

Su vivienda estaba en una habitación espaciosa al otro lado del mostrador. Era un cuarto arreglado y limpio con una cama, una mesa con dos sillas, una cocina eléctrica, una nevera, un fregadero y una estantería repleta de libros y papeles. Frente a la cama, en la pared, estaba el cuadro. El retrato de ella vestida de rojo y sonriente. Me siguió pareciendo bella, un tipo de belleza serena y soñadora.

Dartañán se sentó en la cama y cruzó sus largas y huesudas manos.

—Ya no trabajo, Toni, y tú lo sabes. Hace mucho tiempo que no trabajo. ¿Qué queréis de mí?

Me senté en una de las sillas, de espaldas al cuadro, y encendí un cigarrillo.

—No estoy en la policía, Ricardo. No me vengas con esas de qué queréis.

—Algo he oído por ahí, pero yo no hago caso de las habladurías. Además, no hago vida social.

—Te necesito, Ricardo. Algo muy bien pagado.

—No.

Volví la cabeza lentamente y contemplé el cuadro de la mujer vestida de rojo. El pintor había conseguido un retrato vivo y exacto.

La mujer del cuadro estaba apoyada en el borde de una chimenea apagada y parecía que iba a caminar por la habitación de un momento a otro. La estuve mirando un buen rato. Ricardo bajó la cabeza.

—Eres un cabrón —dijo con un hilo de voz.

—Puede ser.

—No tienes derecho, Toni..., no tienes derecho.

—Eres el único en Madrid capaz de hacer lo que necesito. Ya no quedan *espadistas* como tú, Ricardo.

—*Espadistas*, *espadistas*... —Se levantó de la cama y comenzó a pasear nerviosamente por la habitación—. Ya no soy el de antes. Lo sabes muy bien. Me tiembla el pulso, no conozco las cerraduras modernas, hay cosas muy nuevas...

—Tonterías.

—No, no son tonterías, Toni. Estoy acabado.

—Recuerdo lo que me dijo ella aquella noche, Ricardo.

Se detuvo en seco.

—Eres el único que permito que entre aquí, el único que puede mirarla. —Elevó los ojos hacia el cuadro y después los retiró como si algo le diera vergüenza—. Te ruego que no... quiero decir que no la nombres.

—Déjalo, Ricardo.

—Tú, bueno, tú... lo que hiciste por ella...

Comenzó a pasear a grandes zancadas. De vez en cuando se detenía y volvía a observar el cuadro. Sabía que de un momento a otro me hablaría de ella.

—... nunca estuve a su altura, Toni. Eso fue lo que ocurrió. —Volvió a sentarse en la cama y habló con la cabeza baja. Yo apagué la colilla en el suelo y encendí otro cigarrillo—: Ella era... era una señora. Tenía esa manera de hablar y de moverse. Y me amaba, Toni. Yo era lo que más quería en este mundo, me quería a mí, ¿te das cuenta? A mí y a nadie más. Creía que yo era extraordinario, importante y me miraba con esos ojos y siempre había amor en ellos, Toni; había tanto amor que yo me emborrachaba con ese amor y no había en el mundo dinero ni cosas suficientes para pagarlo. Sí, si hubiera sido rico, Toni, si hubiera podido darle todo lo que ella se merecía..., pero no. Todo me salía mal, no pude darle nada, nada. —Se levantó de golpe de la cama con un crujido de muelles y caminó hasta colocarse frente a mí—. Dime, ¿sabes lo que significa que alguien como ella te quiera?, ¿sabes lo que significa sentirse amado por una mujer así?

—No lo sé —contesté.

Negó con la cabeza.

—Nadie lo sabe porque no ha habido una mujer como Mercedes. Y yo no estuve a su altura, no le di nada.

No le dije que a ella eso no le importaba. Que era feliz con él. Que le daba igual ser rica y que se contentaba con creces con él y su genialidad. Pero todo esto no lo supo nunca Ricardo. No lo supo entonces y no lo sabe ahora y sería inútil hacérselo saber. Nunca lo sabemos en el momento preciso. Nunca. Ningún hombre.

Ricardo salió de su ensimismamiento, sonrió de oreja a oreja y me golpeó el hombro con un gesto torpe.

—Me parece que si no te ayudo, ella no me lo perdonaría nunca. —Le guiñó el ojo al cuadro—. ¿Verdad, Mercedes? Me contó muchas veces lo que hiciste por ella, Toni. ¿Qué coño hay que hacer?

Me revolví en la silla.

—Necesito entrar en el piso 11.º B, de la calle Alberto Alcocer, 37, y fotografiar a un timador llamado Nelson Roberto Cruces. Parece ser la única forma de que pague un montón de millones que debe. El piso lo utiliza Nelson como picadero. Ganarás doscientas mil pesetas, Ricardo, aparte los gastos que tengas con las llaves y el alquiler de una cámara fotográfica con flash. ¿A propósito, tienes una cámara de ésas?

—No es difícil conseguirla. —Estaba pensativo—. ¿Para quién es el trabajo?

—Para Draper.

—No me gusta el chantaje.

—Tampoco es mi especialidad.

—¿Quién es ese Nelson?

—Un muchacho que ha fundado una especie de secta religiosa y se aprovecha de ella para sacar un dineral y encima no pagar a los proveedores. Lo haría solo, Ricardo, pero hacen falta dos personas para este trabajo.

—¿Cuándo?

—No hay fecha, cuanto antes, mejor.

—Sí, bien, verás... necesitamos una llave del portal, entraremos de noche, por supuesto, y otra del piso y luego la cámara, mejor una automática, una autofocus con flash incorporado. Cuestan unas veinticinco mil en el comercio, yo la puedo conseguir por diez o doce.

Cerró la boca y yo apagué el segundo cigarrillo. Siguió pensando durante otros instantes. De pronto, dijo:

—Quiero hacer esto rápidamente, Toni. Mañana iré a Alberto Alcocer y revisaré las cerraduras. —Sonrió—. Presentaré mis servicios de puertas blindadas. Cuando sepa el tipo de cerradura y de llaves, tardaré un día más en hacerlas. Pasado mañana entraremos. Tendré la cámara, todo.

—Y yo el dinero. Tus doscientas, más los gastos.

Me puse en pie.

—No hago esto por dinero.

—Lo sé.

Lo dejé contemplando el cuadro. Salí a la tienda. *Rumbo Norte* dormía enroscado.

Él también debía de soñar con alguien, emitía suaves aullidos.

28

Abrí la puerta y entré en mi casa. Las luces verdes del anuncio de carne picada Fuentes entraban por el balcón. Había una sombra sentada en el sofá con las piernas cruzadas. Las luces le tatuaban el rostro y un traje de color claro.

—Buenas noches, señor Carpintero —dijo la sombra.

Se encendió la luz del techo. Un sujeto gordo, sin cuello, vestido con una cazadora de plástico azul carraspeó al lado de la puerta. Me apuntaba con una automática de caño largo.

Me quedé inmóvil con las llaves en la mano. El hombre del traje claro era Delbó, y el gordo que me apuntaba era el conductor del coche, aquella noche en que me entrevisté con la madre de Cristina. El gordo tenía un extraño brillo en sus ojos redondos.

—Perdone que nos hayamos tomado la libertad de entrar, pero usted tardaba demasiado. —Delbó se levantó del sofá—. Regístralo, Sorli.

El gordo movió el caño de la pistola y yo me di la vuelta y apoyé las manos en la puerta.

Me registró a conciencia.

—Está limpio —dijo.

—¿Puedo bajar las manos?

—Por supuesto, está usted en su casa.

—Muy considerado, Delbó. Ahora dígame lo que tenga que decirme y márchense a la calle. Quiero dormir.

—Aún es temprano para dormir, Carpintero. Además, usted duerme poco. ¿No quiere sentarse?

Me señaló el sillón.

—A la mierda, Delbó. No voy a sentarme en ningún sitio. Están apestando mi casa.

No vi el arma. El caño de la pistola explotó en mi sien derecha y caí al suelo. El gordo me cogió del cuello de la chaqueta y me metió el caño de su arma por la boca. Era un silenciador Markus, inyectable, último modelo, y la pistola, una Beretta cromada y nueva, recién salida de fábrica. Sabía a grasa y estaba muy fría.

—¿Qué has dicho, imbécil? —dijo el gordo—. No te he oído bien. —Movió el arma dentro de mi boca—. Responde, imbécil, vamos, quiero oírte.

Apoyé las manos en el suelo. El gordo me propinó una patada en las costillas y volví a donde había estado antes. Comencé a toser. El gordo limpió la pistola en la pernera de su pantalón. Aquello le estaba divirtiendo.

—¡Hijo de perra! —Escupí y volví a toser.

Levantó el arma. El brillo de sus ojos, desde el suelo, parecía el destello de dos monedas entre el barro.

—Sorli —dijo Delbó. El arma se detuvo a medio camino.

—Deje que le ajuste las cuentas a este imbécil, señor Delbó.

—Aún no, Sorli. —Hizo una pausa—. ¿No quiere levantarse y sentarse un momento, señor Carpintero? ¿O prefiere que Sorli le ayude?

Me puse en pie y me arreglé la chaqueta. Tenía un poco de sangre en el labio inferior. Recorrí los dientes con la lengua. No me había roto ninguno. Caminé hasta el sillón y me senté. Delbó me tendió un paquete de cigarrillos rubios, pero yo encendí uno de los míos.

A esa distancia le distinguí múltiples arruguitas en su bronceada cara. El cabello corto, casi blanco, y el moreno de lámpara le daban un aspecto juvenil y deportista. Le había calculado alrededor de sesenta años, pero podría tener más. Sus ojos glaucos, fríos, sin color, parecían no parpadear. Sacó una boquilla de carey, introdujo un cigarrillo y se la colocó en la rendija de la boca. Expulsó el humo sin dejar de observarme, sin sonreír. No movía un solo músculo de la cara. Un rostro trabajado por la cirugía estética.

Llevaba un traje de lanilla caro sin una sola arruga y calzaba zapatos Guzzi probablemente hechos a mano.

—Usted me da lástima, Carpintero. Mucha lástima —dijo—. Tiene una idea muy elevada sobre sí mismo y no es más que un pobre desgraciado.

—¿Ha venido para decirme eso, Delbó? Si ya me ha dado el recado le daré una propina.

Fue casi imperceptible. Apretó las mandíbulas y un breve centelleo cruzó por sus ojos.

—No abuse de su buena suerte, Carpintero, la suerte no es eterna, téngalo en cuenta. Usted ha querido hacerse el listo, sacar una tajadita, ¿verdad? Pues ya no tiene nada que hacer. Tengo las fotografías.

Rozó el bolsillo interior de su chaqueta.

—Se acabó —continuó—. Ya no hace falta que siga haciendo el payaso por ahí, su amigo Paulino nos ha dado las fotos. No es fácil chantajearnos, ¿sabe?

—Así que tiene las fotos.

—Exactamente.

—¿Y sabe ya quién mató a Luis?

—Es usted aún mucho más imbécil de lo que yo suponía.

—¿A qué ha venido? ¿Tenía ganas de pasear o ha venido a ver si yo sé lo suficiente? Dígamelo, Delbó. A usted le preocupa algo. Si ya tiene las dichosas fotografías, ¿por qué no me deja en paz?

—No sé qué ha podido ver Cristina en usted. Me sorprende.

—¿Está celoso, Delbó?

—Sigue abusando de su suerte, Carpintero, pero está rozando los límites de mi paciencia.

—Fanfarrón de mierda.

Se levantó de golpe y las manos se le engarfiaron. Tenía el cuerpo tenso y tirante; los músculos del cuello, como varillas de paraguas. El gordo avanzó unos pasos con la Beretta en línea con su brazo.

—Déjeme a mí, señor Delbó. Déjeme, le tengo muchas ganas a este pájaro.

Entre él y yo estaba la mesita del cenicero. Delbó le dio una patada y la lanzó al centro de la habitación. Por la manera en que movió la pierna me di cuenta de que sabía kárate más de lo debido.

Me contraje de forma imperceptible y la adrenalina me invadió las venas. No podía moverme. Si me levantaba, el gordo apretaría el gatillo. El sonido de un disparo con un silenciador Markus es tan alto como un escupitajo.

Fueron unos minutos bastantes largos.

Entonces sonó el teléfono. El timbre rasgó el aire como si alguien rompiera una tela mojada con las manos. Nadie se movió.

El timbre volvió a sonar.

Al tercer timbrazo, el gordo alargó la mano, descolgó el teléfono y se llevó el auricular al oído.

—¿Sí? —dijo—. ¿Cómo? No, no, soy yo, Sorli... Sí, sí. —Mientras hablaba, clavó la mirada en su jefe—. Aquí está el señor Delbó, sí señora, lo que usted diga.

Se puso el teléfono en el pecho y dijo:

—Quiere hablar con este pájaro, señor Delbó.

Me levanté despacio del sillón y caminé hacia el gordo. Éste se apartó y me tendió el auricular.

Inmediatamente escuché la sobresaltada voz de Cristina.

—¡Oh, Toni, menos mal! ¿Estás... estás bien?

—Claro que estoy bien. —Miré a Delbó. Estaba pálido, cadavérico—. En este momento charlaba con tus empleados. Son muy simpáticos. ¿Querías algo?

—No, no, era solamente que... que quería hablar contigo. ¿Entonces te encuentras bien?

—Muy bien, quizá con un poco de sueño. ¿Podemos vernos mañana?

—¿Mañana? Creo que... tengo mucho que hacer. Yo te llamaré cuando pueda. ¿De acuerdo?

Le dije que sí, que estaba de acuerdo y colgué. El gordo se había guardado la pistola y estaba junto a la puerta. Delbó encendía otro cigarrillo y con él en la mano avanzó hasta mí.

Volvía a ser el sujeto helado y calmoso de siempre.

Me miró fijamente, abrió la puerta y salió. El gordo la cerró tras él. Escuché los pasos de los dos bajando los escalones de madera.

Salí al balcón. El anuncio de la carne picada Fuentes me saludó con sus destellos verdes. La madre de Cristina sonreía otra vez sujetando una lata de carne picada. Era tan obsesivo como una borrachera de anís en ayunas.

Desde el balcón vi al gordo y a Delbó salir del portal. Un automóvil negro tardó escasos segundos en abandonar la acera de enfrente y detenerse delante de ellos. Subieron y se alejaron raudos calle Esparteros abajo, en dirección a la Puerta del Sol.

Cerré el balcón con cuidado para que no entraran los

malditos destellos verdes y abrí el último cajón de la cómoda. Allí, junto a la caja de cartón y las fotografías, estaba mi Gabilondo del 38, aceitado, envuelto en un trapo y frío al tacto. Lo sopesé unos instantes y me fui con él al sofá. Las fotografías me empezaron a dar vueltas en la cabeza. Miré el reloj. La una y media de la madrugada, ¿Quién le había dado las fotos a Delbó? ¿Paulino? Y ¿qué fotos eran ésas?

Arreglé rápidamente los desperfectos de la casa, me duché primero con agua caliente y después con la fría, hice un café y volví a sentarme en el sofá, jugueteando con mi Gabilondo.

Tenía algunas ideas sobre lo que estaba ocurriendo, pero necesitaba un poco de suerte. No, mucha suerte. Y tenía que encontrar a Paulino de una vez. Me levanté del sofá y tiré mi bata de *ring* al suelo. Fui al armario y me vestí con un pantalón de pana, una camisa y la cazadora gris, que es amplia y holgada. Puse el Gabilondo en su funda y la ajusté en el cinturón. Tenía una idea.

Cerré la puerta con cuidado. Esta vez con las tres cerraduras. Para entrar tendrían que echar la puerta abajo. Pensé que no tendrían inconveniente en hacerlo, si quisieran.

29

El Chancaichepa estaba sentado en una silla de tijera y su cabeza fina de pájaro asomaba apenas por encima del tenderete de tabaco. Aún estaban encendidas las luces del New Rapsodias y las mujeres paseaban por la calle o se sentaban en los bordillos de las aceras con el aspecto de no esperar ya nada de la noche.

Encendí un cigarrillo y me apoyé en la esquina de la calle Valverde como si fuera un macarra más que aguardase a sus mujeres para invitarlas a bocadillos. Había grupos de negros vendiendo heroína y vietnamitas con latas de cerveza en cubos. Los negros llevaban a los clientes hasta un coche aparcado tres o cuatro calles más abajo y allí entregaba la mercancía otro compadre. Una papelina se cotizaba entre las mil quinientas y dos mil pesetas y solía contener la décima parte de un gramo, mezclada con leche en polvo o talco.

En mis tiempos de la comisaría apenas si existía el caballo. Mejor dicho, lo usaban los ricos y un puñado de esnobs e intelectuales. Heroína y coca. Coca disuelta con champán. Coca esnifada en los chalés de los bailarines famosos y las duquesas pintureras y de tronío. Pero eso entonces no constituía ningún problema, eran cosas de ricos. El problema comenzó cuando empezaron a ser los pobres los que se inyectaban.

Un gramo nunca se podría comprar por menos de dieciséis mil pesetas. Y un sujeto que se inyecte diariamente necesita de uno a dos gramos y medio. Y ¿quién saca todos los días treinta billetes como mínimo para vicios? Hay que robar, trapichear y prostituirse mucho. Demasiado trabajo para cinco o seis pinchazos diarios.

Lo malo era que para un traficante mediano, cien millones de pesetas no es demasiado dinero y cien kilos dejan ciega a mucha gente: polis, jueces, fiscales, comisarios. Con cien millones, sabiamente dosificados, un buen policía puede convertirse en un mal policía y comprarse un chalé en Marbella o abrir un negociejo con su señora y un cuñado, y así justificar los ingresos extras. Me extrañó que las mafias locales de iraníes, marroquíes y españoles dejaran a los negros un territorio tan lucrativo como la esquina de la Telefónica con Valverde.

Pero yo ya no era policía. Hacía mucho que no lo era. Pero no tuve más remedio que pensar que en un par de horas y con unas cuantas detenciones dosificadas, se podría llegar al *diler* o a los *dilers* de la zona.

Había que ser ciego para no verlo. Ciego de manteca negra. De dinerillo que llega todas las semanas y que se agradece porque los tiempos son difíciles y no se gana demasiado para el riesgo que comporta el trabajo policial.

Tiré el cigarrillo al suelo y lo pisé cuando una puta joven intentaba retener a un posible cliente de la manga de la chaqueta. Éste es el peor momento, cuando las mujeres se derrumban después de diez horas de trabajo ininterrumpido y empiezan a echar cuentas y a preguntarse si hoy ha merecido la pena y si merecerá la pena mañana. Es la hora en la que los macarras acuden a consolarlas, a invitar con dinero que no es el suyo.

Chancaichepa resistía. Apenas si había ya gente por la calle, pero él seguía con el tenderete. De vez en cuando salía Faustino y pegaba la hebra con el jorobado. Ya ni se molestaba en atraer a los clientes al interior del local.

Una puta flaca con los ojos perdidos pasó a mi lado y me apretó el brazo con una mano huesuda que parecía la pata de un pollo.

—Vente conmigo, cariño, anda —me dijo la mujer—. Dos mil pesetitas.

Era morena y con una falda negra muy corta que le dejaba al aire los muslos delgados.

—Es mucho dinero.

—Venga, mil quinientas. —Me puso la mano en la braqueta, sin apretar demasiado—. Vamos a pasar un ratito agradable.

—Mil.

Suspiró y soltó la mano.

—Joder, cómo estáis los tíos... Vale, mil. Y ¿qué quieres que te haga por mil pesetas, cariño?

El Chancaichepa estaba recogiendo el tenderete y se despedía de Faustino. Lo convirtió en una maleta plana y sobre ella enganchó la silla plegable.

—Yo soy un poquito raro, sabes.

—¿Raro?

—Sí, raro.

—Raro y tacaño, macho. Por mil pesetas tú verás lo que te puedo hacer.

—Pasear.

—¿Pasear? Oye, tú, espera un momento...

—Mil pesetas por un paseíto hasta donde yo te diga. Y no hay ningún truco. Cinco minutos de paseo.

Le puse delante un billete verde, mientras contemplaba de reojo cómo el Chancaichepa caminaba despacio calle Desengaño abajo.

Agarró el billete, abrió el bolso y se lo guardó. Me miró con atención.

—¿No estarás majara, verdad? Porque entonces...

—Déjate de tonterías.

La tomé del brazo y cruzamos de acera. Había muy poca gente en la calle. El Chancaichepa iba por la Luna y yo fui detrás enganchado al brazo de la mujer. Caminamos deprisa. Un par de veces, el jorobado se detuvo, dejó la maleta con la silla en el suelo y paseó la mirada alrededor. Entonces yo me inclinaba sobre la chica.

—¿Qué, cómo ha ido el día?

—Pues una mierda, ¿cómo va a ir? Oye, macho, ¿tenemos que ir muy lejos?

—Te dije que mil pesetas.

—Podías haber cogido un taxi.

El Chancaichepa dobló por la calle Pizarro y supe que iría al bar El Ruedo. Solté a la chica.

—Fin de trayecto.

—¿Hasta aquí?

—Sí. —Comencé a moverme.

—Tú estás tocao, vale. Oye, no quieres que...

Le dije adiós con la mano y corrí hasta la esquina de Pizarro. El jorobado tenía la maleta en el suelo y se secaba el sudor de la frente. El bar estaba cerrado, pero salía luz de debajo de la puerta. Se sobresaltó al verme.

—Hola, Chancai —le dije.

—¡Eh! ¡Usted!

—El mismo. ¿Cómo te encuentras?

—Bien, bien —dijo, sin mirarme—. Voy a ver si me tomo una cervecita.

—Quiero hablar contigo, pero no aquí.

—Bueno, a ver si otro día... —La sonrisa fue húmeda, viscosa, como si tuviera la boca llena de almíbar y no lo pudiera tragar—. Cuando usted quiera, usted sabe que estoy a su disposición.

Con una mano tomé la maleta y la silleja y con la otra lo agarré del codo. Tenía los huesos como cerillas. Lo arrastré hasta un portal cercano y lo empujé dentro. Estaba oscuro y olía a orines de gato.

Se apoyó en la pared, más encogido que nunca.

—Voy a enderezarte la columna vertebral a patadas, chepa de mierda, así que presta atención a lo que voy a decirte, porque no te lo repetiré. ¿Dónde vive el Loco Sousa?

Me miró de reojo desde abajo. El corazón parecía salírsele de la camisa mugrienta.

—Señor Toni, por favor, señor Toni...

—Te has ido de la lengua con unos tipos que no son precisamente amiguetes míos. —Me acerqué a él—. Habla o...

No lo esperaba. Tenía agallas el jodido Chancai. Me tiró un viaje rápido con una navaja que había sacado de algún lado. Apenas si vi una línea blanca que brilló en la oscuridad.

Me eché hacia atrás y la punta del arma me pinchó en la barriga, pero ya sin fuerzas. De forma casi instintiva le aparté el brazo y le lancé la derecha a la cara. Le di con demasiadas ganas.

Se desplomó al suelo. Me había roto la camisa y de la herida salía sangre, pero era una herida superficial.

Aparté la navaja de una patada y me incliné sobre él. Tenía los ojos cerrados y parecía muerto. Un niño muerto, deforme.

Estuve un buen rato dándole golpecitos en la cara hasta que abrió los ojos.

No tuve que hablar más. Con la lengua partida y escupiendo sangre me dijo dónde podía encontrar a Paulino y al Loco Sousa.

30

Las escaleras eran oscuras, chirriantes, y el pasamanos estaba sucio. Subí despacio escuchando en sordina las últimas voces de los vendedores de drogas de la plaza del Dos de Mayo. Olía a orines de gato y a comida vieja, hecha con mucho aceite. La madera crujía a cada paso. Me detuve al llegar al primer piso y saqué mi Gabilondo. Me gustó cómo pesaba en mi mano.

No se escuchaba nada en el edificio, como si estuviera habitado por fantasmas. Un grupo de borrachos pasó frente a la casa cantando y sus voces se fueron perdiendo calle abajo, hacia la plaza. Subí los últimos tramos de escalera pisando con cuidado. La madera era vieja y desgastada y me daba la sensación de que pisaba grillos.

Me detuve frente al segundo izquierda, una puerta pintada de verde brillante y me arrimé a ella. Pegué el oído. Creí escuchar un sordo rumor proveniente del interior, como si alguien arrastrase un saco por el suelo con mucho cuidado.

La puerta estaba cerrada, pero no parecía muy sólida. La humedad y el calor, año tras año, la habían descabalgado. Me retiré dos pasos y flexioné la pierna derecha.

La patada llegó justo a la cerradura. Sonó como un trallazo, pero no se abrió. Respiré hondo, me retiré un poco más y me lancé contra ella, olvidándome de todo lo que nos habían enseñado sobre este menester en la Academia de Policía.

La cerradura salió disparada, la puerta se abrió y yo aterricé en el suelo frío de un cuarto oscuro. Apunté con mi arma hacia esa oscuridad y me mantuve unos segundos así. Si alguien hubiese querido matarme lo habría hecho con toda tranquilidad. El comisario Requena, que nos enseñaba eso de Práctica Policial, y el comisario Viqueira, profesor de la parte teórica, me hubiesen suspendido si aquello hubiera sido un ejercicio. Pero no lo era. Requena había muerto dos años atrás, y Viqueira era el encargado del Museo de la Policía.

Me levanté despacio, retrocedí un poco y cerré la puerta, encajándola. Había un extraño olor en la habitación. Un olor espeso y dulzón, agrio.

Encendí la luz.

Habían arrancado el papel de la pared que colgaba a tiras. El suelo estaba cubierto de objetos rotos, tazas, jarrones, cajitas, mezclados con el relleno de un sofá y dos sillones de buena calidad. Los cuadros habían sido descolgados de sus lugares en la pared y aparecían con los cristales rotos tirados también en el suelo. Se adivinaba una cierta preocupación cómoda y elegante, extraña en un edificio de esas características en la calle Velarde.

Una puerta cristalera descorrida, y sin romper, comunicaba la habitación con un pasillo enmoquetado.

Y en la moqueta había un reguero de sangre.

—¿Paulino? —llamé.

Nadie me contestó. Avancé hacia la puerta.

Al otro lado, Paulino me observaba ligeramente apoyado en la pared. Vestía una camisa blanca hecha jirones, recubierta por manchas de sangre seca. Tenía la cara hinchada, negruzca, con manchas moradas. Le habían roto las dos cejas y las costras de sangre tenían color pizarra.

—Agua —dijo con un hilo de voz, y una bocanada de sangre cayó de sus tumefactos labios.

Me acerqué y lo levanté hasta sentarlo. Su cara se crispó por el dolor. Estaba reventado por dentro y por fuera.

—Paulino, soy yo, Toni. ¿Te acuerdas de mí?

—Agua —repitió.

Dudaba de que me hubiera reconocido. Sus ojos estaban abiertos pero parecían velados por una película rojiza. También a mí me costaba reconocerlo en ese estado.

Lo dejé apoyado en la pared y caminé por el pasillo hasta la cocina. Me costó trabajo entrar. Platos, tazas, fuentes y una multitud de objetos formaban un montón de escombros de dos palmos. Alguien se había dedicado a golpear con saña lo que parecía una cocina coquetona, limpia y cuidada. Rebusqué con el pie hasta que encontré un cacillo blanco, ribeteado de azul, adornado con dos corazoncitos rojos. Lo llené de agua y regresé a donde había dejado lo que quedaba de Paulino.

Se había caído al suelo. Me agaché. Le tomé del cuello y le acerqué el agua a los labios. Tragó con avidez. Tosió con fuerza y me escupió a la chaqueta, sangre y agua. La tos era convulsa y cada vez que tosía la cabeza se le movía como la de un muñeco de trapo con el cuello roto.

Se la di sorbito a sorbito y algo pudo tragar. Cuando se hubo acabado el agua, volví a colocar a Paulino apoyado contra la pared.

Tenía los párpados pesadamente cerrados y su pecho no se movía. Le tomé el pulso y no lo encontré. No tardé mucho en darme cuenta de que el corazón se le estaba parando, que estaba prácticamente muerto.

La moqueta mostraba un reguero de sangre desde donde estaba hasta la puerta de otra habitación. Caminé hasta allí. Había sangre en las paredes, en la colcha malva, en el suelo. Todo estaba destrozado, roto. Desmenuzado con furia.

Me apoyé en el quicio de la puerta y volví la cara al bulto de Paulino. Había abierto los ojos de nuevo y parecía mirarme.

—To... ni —dijo con dificultad.

—Paulino, compadre —le contesté—. Voy a llamar a una ambulancia.

—No. —La voz le salió ronca, como si se le estuviera rompiendo algo dentro—. To... ni, Toni, el Portugués..., el Portugués... y...

—No hables si no quieres, cálmate. Voy a llamar a una ambulancia.

Iba a ponerme en pie, cuando su mano se aferró a la manga de mi chaqueta.

—Se fue con Delbó, Toni..., con Delbó.

Volví a agacharme.

—Está bien, Paulino. Está bien, ya lo sé. El Portugués se ha ido con Delbó, sí.

—Sin verte... tiempo sin verte, viejo...

—Sí, Paulino, mucho tiempo.

Un destello débil y extraño le apareció en los ojos. Me apretó sin fuerza el brazo.

—Le dije al Portugués que tú tenías que estar en el negocio...

—Sí, claro, Paulino. Pero no hables, descansa.

—Las fotos..., hijo de puta. Le dio las fotos a ese... a ese...

—A Delbó.

—Sí. —Volvió a salirle sangre de la boca.

—Lo sé. Delbó tiene las fotos, no te preocupes por eso.

Asintió y cerró los ojos. Los volvió a abrir.

—Luis..., Luis dijo que...

—Sí, Luis. Murió, o mejor dicho, lo mataron. ¿Sabes tú quién lo mató, Paulino?

—Sí... —Abrió y cerró la boca.

Me acerqué más a su cara.

—¿Quién?

Saliva rojiza se le escapaba por los labios cada vez que intentaba hablar. Movió la boca como un pez grande fuera del agua.

—Le... le... dije que tú eras mi amigo y... y... Vanesa... Vanesa...

—Sí, la mató el Portugués. Pero ¿quién mató a Luis?

—... a ti, no... le dije que a ti no...

—Lo sé, Paulino. Le dijiste al Portugués que no me matara. Mató a Vanesa inyectándole heroína en la vena y a mí no me mató porque tú se lo impediste. Lo sé.

Algo parecido a una sonrisa se dibujó en la mueca sangrante en que se había convertido su boca.

—Paulino, me interesa saber quién mató a Luis Robles, a Luisito. ¿Te acuerdas de Luisito Robles?

—Luisito, sí...

Una bocanada de sangre negra se deslizó suavemente desde su boca hasta la barbilla y de allí al cuello. Bajó por el pecho y dio nuevas tonalidades a su camisa. Abrió los ojos y los cerró. Se contrajo con fuerza durante unos instantes y se relajó a continuación. La cabeza se deslizó a un lado y una mancha oscura se fue formando en su entrepierna.

Me puse en pie. No es demasiado agradable contemplar cómo agoniza un ser humano.

Probablemente Delbó y Sorli le sorprendieron en el dormitorio y allí le golpearon. Paulino no era un alfeñique y se habría defendido, pero debieron de golpearle a conciencia y con sabiduría. Lo habían roto. Y lo habían dejado allí, solo, para que tuviera una muerte lenta. Ni siquiera habían intentado llamar a un médico. Paulino se arrastró desde el dormitorio hasta la mitad del pasillo. Ahí consumió las pocas fuerzas que le quedaban.

Coloqué uno de los sillones derecho y me senté. Encendí un cigarrillo. Eran las cuatro de la madrugada y me sentía cansado, muy cansado.

Debí de permanecer de ese modo casi una hora. Consumí cinco cigarrillos. Cuando me hube calmado lo suficiente, me levanté del sillón y me acerqué al cuerpo de Paulino. Estaba enfriándose por momentos.

Entonces me di cuenta de que Paulino tenía pelo. Un hermoso peluquín castaño oscuro que se le había aflojado. Le caía bien, le favorecía bastante. Me pregunté cómo no me había dado cuenta hasta entonces. Paulino era calvo, *el Calvo de Asia* le llamábamos en la mili.

No iba a morirse con el peluquín mal puesto. Un peluquín torcido queda ridículo.

Le tomé suavemente del cuello con una mano y con la otra le acomodé su nuevo y hermoso pelo. El sueño de su vida. Algo asomó entre el pelo. Debía de estar entre su cabeza lironda y el peluquín. Tiré de aquello. Era un papel doblado en dos y sucio de sudor.

Dejé la cabeza de Paulino apoyada en el suelo y me levanté con el papel en la mano. Lo desdoblé.

Era una factura de un laboratorio fotográfico de la calle Montera.

La fecha era de mañana. Es decir, la de hoy. Y Paulino tenía que ir a recoger un carrete de fotos.

Delbó no se había llevado todas las fotos.

31

En la fotografía el camión era de color indefinido. Habían puesto una rampa en la parte trasera y por allí bajaban un tropel de vacas. El polvo se elevaba hasta el techo, tiñendo la fotografía de irrealidad. Eran animales grandes, viejos y asustados.

Había doce fotografías en total y la mayor parte de ellas estaban movidas, mal enfocadas y sin ninguna posibilidad de ganar un concurso de fotografía artística. Diez de ellas eran de las mismas vacas y del mismo camión, pero había otras dos que parecían más interesantes. En una de ellas se veía un patio inocente con un grupo de hombres posando sonrientes ante unos cercados limpios y bien construidos, que albergaban a unos terneros gordos y lustrosos como niños de casa bien. La otra foto había sido hecha en el mismo decorado, pero con otros personajes y en otro momento.

En vez de terneros lustrosos había animales tirados en el suelo. De toda clase de razas. Asnos, cabras viejas, ovejas marchitas, vacas que no podían tenerse en pie. Dos hombres de rostros borrosos sonreían sentados sobre el cercado.

Barajé las doce fotografías y las volví a colocar sobre la mesita. Al lado descansaban los negativos.

El teléfono sonó y me despertó del sueño de vacas y burros, de Luis y de Paulino.

Era Dartañán. Su bien modulada voz resonó al otro lado de la línea.

—Tiene que ser esta noche, Toni. Ya lo tengo todo.

—¿Esta noche? Escucha, Ricardo, el dinero lo tiene Draper y...

—Me lo darás otro día —me interrumpió—. Cuanto antes terminemos, mejor.

—¿Tienes las llaves?

—Sí.

—¿La cámara de fotos?

—¿Crees que soy imbécil? Mira, Toni, quiero acabar con esto de una vez. Si no es esta noche, olvídate de mí.

—No seas tan susceptible, Ricardo. Recuerda que hay un montón de billetes para ti. ¿Ha sido todo fácil?

Hubo un breve lapsus.

—Me hice pasar por vendedor de puertas blindadas, lo que no es del todo mentira. —Soltó una breve risa—. Tiene en el piso una puerta de primera categoría, una Dorada Passear de cerradura circular de dos tiempos. La del portal es de risa, una cerradura de resortes, la podría abrir con un cortaúñas, pero tenemos que cambiar de plan. Tengo que verte.

—Está bien, ¿a qué hora te parece?

—A las tres y media.

—Te iré a buscar.

—No quiero que vengas más a mi casa, Toni. Yo iré a la tuya a las tres en punto.

—Como quieras.

—Y otra cosa, éste será el último favor que te haga. No quiero verte más.

—Entendido.

Colgó con fuerza. Eran las siete de la tarde y aún no

había oscurecido del todo. Volví a sentarme en el sofá y contemplé de nuevo las fotografías extendidas en la mesilla.

Tenía unas cuantas ideas sobre lo que significaban esas fotos y el papel que había tenido Paulino en todo aquello. El Loco Sousa había cambiado de bando en el último momento, su actuación estaba más o menos clara. Pero ¿y la de Luisito Robles? Además de ese interrogante había otros, rodando por ahí. Decidí terminar de una vez y guardé las fotos y los negativos en el cajón de la cómoda.

Puse la radio en frecuencia modulada, pero la hora de los boleros de Emilio Lahera comenzaba a las diez. De manera que la apagué. El día pareció terminarse con ese gesto y las sombras entraron despacio en mi habitación por los dos balcones. Entraron bailando suavemente, girando, y se quedaron allí. Eran sombras de todas clases y me envolvieron, mientras yo me tumbaba en el sofá.

Soñé con Luisito Robles y Cristina. Toda la compañía hacía la instrucción en el CIR núm. 2 en Alcalá de Henares. El sargento daba las voces de mando y nosotros nos movíamos con la precisión de relojes suizos. Yo lo veía todo como si estuviera fuera, planeando sobre el grupo. Me veía a mí mismo con veinte kilos menos, a Luisito, Paulino, Inchausti, Lolo, Romero, el Sevilla... y también a Cristina, que me sonreía.

A nadie parecía importarle que una mujer estuviera con nosotros en medio de la fila. Llevaba el Cetme sobre el hombro y su sonrisa se fue transformando en una mueca. Yo estaba al lado de Luisito Robles y trataba de avisarle de que Cristina estaba allí mismo, detrás de nosotros y que se estaba preparando para dispararle.

Sabía que iba a dispararle. Los ruidos secos de los disparos atronaron el campo de entrenamiento del cuartel. En el uniforme verde oliva de Luis comenzaron a surgir puntos rojos que se fueron agrandando, agrandando. Yo quería avisarlo, pero no me salían las palabras.

Los disparos continuaron.

32

Di un salto del sofá y me incorporé. Estaban llamando furiosamente a la puerta. Encendí la luz y miré el reloj. Eran las tres de la madrugada.

—¿Quién? —grité.

—¡Abre de una vez! —Era la voz de Ricardo Conde, *Dartañán*, y parecía enfadado.

Me levanté. Estaba cubierto de sudor y tenía la boca pastosa y espesa, como si hubiera bebido grasa de motor.

Abrí la puerta y Ricardo entró en mi casa con los ojos brillantes por el enfado.

—Llevo un rato aporreando la puerta. ¿Qué estabas haciendo?

—Soñando.

Llevaba un elegante gabán de paño inglés con el cuello de piel, guantes negros y se había afeitado cuidadosamente. Se desabrochó el gabán, se quitó los guantes con parsimonia y se sentó en el sillón, cruzando las piernas.

—Sueños agradables, espero.

—No lo eran.

—Lástima, yo siempre sueño cosas agradables.

Yo sabía lo que soñaba. Siempre con Mercedes. Sólo

que él soñaba despierto, día y noche. Sin esos sueños ya se hubiese pegado un tiro.

—Voy a preparar café. ¿Te apetece beber algo?

—¿Sigues teniendo esa repugnante ginebra?

—Ha mejorado mucho y a mí me gusta.

—Pues si no tienes otra cosa me quedaré sin tomar nada.

—¿Y café?

—De acuerdo.

Lo preparé en la cocina y se lo llevé a la mesita. Yo me duché con agua fría y el agua se llevó los últimos vestigios de Cristina disparándole a Luis. Se fueron por el sumidero.

Me afeité y me vestí con la chaqueta marrón, antigua pero en buen estado, la camisa crema y la corbata negra, la única que tengo, haciendo juego con los pantalones. No hacía aún frío para llevar abrigo y, de todas formas, nunca tuve un abrigo. Me he conformado siempre con gabardinas.

—Es un edificio de catorce plantas, donde hay oficinas y apartamentos amueblados de varios tamaños. —Hablaba sin modular la voz, como un folleto farmacéutico—. Tu amigo Nelson ocupa uno en el piso 11.º, letra E. —Levantó la cabeza del papel y me miró—. Es un apartamento de ciento cincuenta metros con una terraza de veinte metros. Paga ochenta mil de alquiler mensual y tiene unos gastos de comunidad de veinte mil pesetas. Pero hay un problema.

—Yo veo muchos problemas, Ricardo. ¿Cuál es el que te preocupa?

—He hecho cinco juegos de llaves con todas las variaciones posibles de las cerraduras Passear. —Se abrió el gabán y mostró los compartimentos ocultos en el forro. Había también un juego de destornilladores desmontables y varias herramientas—. Pero últimamente el negocio de las cerraduras ha cambiado mucho, Toni, están inventándose combinaciones nuevas cada día y yo llevo mucho tiempo fuera de la circulación. Las Passear son cerraduras muy buenas, francesas, con las que no valen las ganzúas.

—¿Entonces?

—Tenemos que calcular un tiempo extra mientras yo intento abrirla.

—Tú eres el mejor, Ricardo. Si tú no logras abrir esa puerta, entonces nadie puede.

Sonrió y entonces me di cuenta de por qué había aceptado ese trabajo. No había sido por dinero, ni por ella, ni por los favores que yo le había hecho al amor de su vida. Había aceptado el trabajo porque estaba viejo, gastado y solo, y tenía que demostrarse a sí mismo que aún servía para algo más que para timar a incautos con el truco de su perro.

—Hay un vigilante, Toni —dijo con voz queda.

Me senté en el sofá.

—No había pensado en esa posibilidad.

—Ni yo tampoco. Una casa no es un banco, pero ya ves. Ha cambiado mucho el negocio de la seguridad. El vigilante suele estar en la portería. Es un profesional, según creo, y de una empresa especializada.

—Tengo un Gabilondo del 38.

—Ya lo sé, pero ésa no es la solución perfecta. ¿No puedes dejar de pensar como un poli? Procura ponerte al otro lado.

—Si tienes pensado algo, suéltalo.

Se movió en el sillón.

—La cerradura de la portería es tan fácil por el vigilante. Pero me he enterado de que en el piso nueve hay dos apartamentos muy discretos dedicados al masaje de caballeros.

—Continúa, Ricardo.

—Bien, permanecen abiertos toda la noche y, por lo tanto, ningún vigilante se podría mosquear si nosotros dos decidimos darnos un masajito. Nos abriría la puerta, le daríamos una propina e incluso nos acompañaría hasta el ascensor.

—Espero que no nos acompañe al masaje.

—Espero que no.

—Creo que va a ser una noche movida, Ricardo.

—Sí —contestó.

Y parecía alegre.

33

El vigilante era un hombre joven de rostro delgado y pálido con la nariz en punta que parecía disparada hacia arriba. Estaba sentado dentro de una especie de garita acristalada. Levantó la cabeza y nos miró fijamente cuando tocamos la puerta.

Vino hacia nosotros despacio, balanceando los hombros, consciente de su uniforme planchado, de color azul, y con esa suerte de seguridad en los movimientos que produce el tener un arma y licencia para usarla. Se quedó quieto, mirándonos, con la mano derecha sobre la funda negra de un Gabilondo del 38, un poco más nuevo que el mío.

—¿Qué desean? —preguntó, y su voz cargada de desconfianza traspasó el cristal de la puerta.

Ricardo ensayó una tímida sonrisa.

—Piso nueve —anunció.

Sus ojos nos recorrieron de arriba abajo, después, con la mano izquierda, descorrió un cerrojo y abrió la puerta con un pequeño chasquido. Se apartó a un lado y nos dejó pasar. Su mano no se apartó de la culata del Gabilondo.

—Está cerrado.

—¡Oh! —exclamó Ricardo—. ¿Es cierto? Pero me habían dicho...

—Está cerrado.

—Sólo vamos a estar unos minutos —le dije yo.

Metí la mano en el bolsillo del pantalón y la saqué empuñando dos billetes de mil pesetas. Se los puse delante.

Dudó durante unos segundos, pero los cogió con fuerza, como si temiera que se fueran a escapar y los hizo desaparecer en su propio bolsillo. La expresión de su cara no cambió. Cerró la puerta y se dirigió a mí.

—Aguarden un momento —dijo.

Volvió a la garita y descolgó un teléfono negro que estaba sobre una especie de mostrador. Vimos cómo movía los labios, hablando con alguien.

El vestíbulo del edificio estaba enmoquetado de verde y tenía a ambos lados dos juegos de sofás y sillones tapizados de negro, donde probablemente jamás se había sentado nadie. Encima de ellos colgaban unos cuantos cuadros con ese sello inconfundible que tiene la labor hecha en serie y sin mucha aplicación. Uno de ellos representaba una casita tirolesa y, el de al lado, una tempestad marina con un barco en el fondo. En otro rincón un grupo de campesinos, subidos en carretas, parecían estar pasándolo muy bien.

Tres escalones conducían a la garita acristalada y detrás de ella se veía un largo pasillo, con las entradas de los ascensores y los paneles de los buzones de la correspondencia alineados como los nichos de un cementerio.

El vigilante terminó de hablar, colgó el teléfono y acudió de nuevo hasta nosotros.

—Les están esperando —dijo y se pasó una mano fugaz por la boca, como si apartara un mal sabor—. Estaba cerrado, pero les van a dejar pasar. Otro día vengan un poco más temprano.

—Claro —contestó Ricardo—, muchas gracias.

—El primer ascensor. —Señaló con la mano—. Los demás están bloqueados.

—Gracias —dijo de nuevo Ricardo.

El vigilante dio media vuelta y volvió a encerrarse en su refugio. Nosotros caminamos hasta el ascensor, abrimos la puerta y entramos. Desde la garita, el vigilante nos había estado observando sin perder detalle.

Ricardo apretó el botón nueve y el ascensor comenzó a subir sin un ruido.

—No me gusta ese tío —dijo.

A mí tampoco me gustaba, pero no dije nada.

El ascensor se detuvo con un suave ronroneo y salimos a un silencioso descansillo también tapizado de moqueta verde. A ambos lados, las puertas de los apartamentos parecían centinelas insomnes.

Una de las puertas se abrió. Apareció una cara enmarcada en ensortijado cabello rubio. Susurró:

—Aquí. No hagan ruido.

Llevaba puesto un batín azul de seda y sus piernas finas y sin vello tenían el aspecto del jamón cocido. Su rostro liso, casi sin relieve, era una gran sortija de dientes blancos y parejos. Se apartó para dejarnos pasar.

Entramos en el vestíbulo a media luz, pequeño y que olía a dulce de coco cocido y a leche condensada. Sobre la moqueta habían colocado una alfombrilla blanca y en uno de los rincones había una mesa baja cargada de revistas y dos sillones de adorno. En las paredes colgaban tres litografías de hombres tumbados entre cojines. Eran tipos velludos, musculosos y estaban desnudos.

—Sentimos mucho venir a estas horas —habló Ricardo—, pero nos habían dicho que cerraban tarde.

El del batín descorrió aún más la boca y volvió a enseñarnos la dentadura. Torció la cabecita a un lado.

—No importa, yo duermo poco.

—Qué bien —dije yo.

—Bueno... —Se apretó el pecho con las manos—. No habéis venido nunca por aquí, ¿verdad?

—No —contestó Ricardo—. Nos lo ha recomendado Ramírez, el de Agromán.

El del batín enarcó una ceja.

—Sí —remaché—. Es tan gracioso.

—¡Ah, sí! ¡Ramírez, sí!

—Hemos estado tomando unas copas para animarnos y al fin nos hemos decidido —continuó Ricardo—. Nos gustaría... —miró—, nos gustaría hacer un cuadro contigo. Nunca lo hemos probado.

—Nunca —dije yo.

—¡Uy, un cuadro a estas horas!

—Si no lo hacemos ahora, no lo haremos nunca.

—Por favor —insistió Ricardo.

—Bueno, veréis, es que eso cuesta dinero. Ésta no es una casa corriente. Aquí nada más que vienen amigos muy, muy íntimos, ¿comprendéis?

—¡Qué lástima! —exclamé y saqué del bolsillo un fajo de billetes falsos, propiedad de Ricardo. Me puse a contarlos—. Nada más que tenemos cincuenta mil pesetas. ¿Será suficiente?

El del batín abrió los ojos y se apretó aún más las manitas al pecho.

—Bueno..., sí que es suficiente, sí. Ya lo creo. —Me miró—. ¿Cómo te llamas?

—Juan —dije yo—. Pero puedes llamarme Juanito.

—Juanito Valderrama —manifestó Ricardo—. Así le llaman.

—¡Uy, qué bien! Yo soy Ignacio, ¿y tu amigo?

Señaló a Ricardo.

—Deogracias —contestó éste—. Pero puedes llamarme, Deo.

—¡Uy, qué bien! ¡Vamos a ser muy amigos!

Cogió el dinero con una mano larga y blanca, como la aleta de un pato, y lo contó rápidamente con la habilidad de un cajero.

—¿Está todo, Nacho? —le pregunté yo.

—Sí, muy bien... ¿Queréis pasar, tomar algo?

—Me gustaría que le dijeses a ese portero tan antipático que vamos a estar aquí contigo un ratito, como dos horas..., ¿no?

—Pero si Gaspar no se enfada. Es un poco brusco con los que no conoce, pero de ahora en adelante no tendréis problemas.

—Díselo de todas formas, Nacho, anda. ¿Es que no me vas a dar ese capricho?

Arrugó la cara y descolgó el telefonillo de la entrada.

—¿Gaspar, Gaspar...? Oye, soy yo, Ignacio... No, no pasa nada, que has sido un poco grosero con estos amigos... No seas tonto, hombre, que yo no me enfado... Oye, que se van a quedar aquí un rato grande... Pues no sé.... —Me miró enarcando las cejas.

—Dos horas, como mucho —dije yo.

—Un rato grande, hombre... Eso, dos horas... Yo te aviso y después subes... Que sí, hombre, que sí.

Colgó y se volvió a nosotros. Agitó la bata como una falda de cola y, apretando el dinero en la mano, fue por el pasillo andando a saltitos.

—Venid conmigo al dormitorio.

Lo alcancé antes de que entrara en un cuarto iluminado con una luz suave. En el centro se veía una cama cubierta con una colcha blanca de raso.

—¿Hay alguien contigo?

Había extrañeza en sus ojos y un destello de alarma que se apagó enseguida.

—Mi amigo, pero...

—¿No puede estar con nosotros? Así será más divertido...

—¿Mi amigo? No, querido, no. Está durmiendo y además él no quiere. Yo soy muy celoso... Mira, poneos cómodos que enseguida vuelvo. Ahí está el baño. —Señaló una puerta con un cartel colgado del pomo en el que estaba escrito, WC—. Yo enseguida vuelvo, os traeré un poquito de champán.

—¿Vivís en el otro apartamento, no?

—Oye, Juanito, tú...

—¿Por dónde se comunica?

Ahora sí había alarma en sus ojos. Una sirena de alarma.

—Por... por el dormitorio este. ¿Por qué me lo preguntas?

El dormitorio estaba a media luz. Asomé la cabeza. Una cortina roja tapaba lo que muy bien podría ser una puerta.

—¿Por ahí?

—Sí, pero...

—Quiero que me perdones, no tengo nada contra ti.

—No... no entiendo.

Le sacudí un poco más arriba de la sien derecha con un corto, mientras que con la otra mano le sujetaba del hombro. No fue el golpe del que me haya sentido más orgulloso.

El grito se le ahogó en la garganta antes de salir. Cayó resbalándose por la pared y se le abrió la bata de seda azul. Estaba desnudo y su cuerpo delgado y blando parecía el de un bebé demasiado crecido.

—Cómo te gusta hablar, coño —dijo Ricardo, arrodillándose a su lado y disponiéndose a atarlo—. No le habrás hecho daño, ¿verdad?

—No creo.

Sacó del abrigo un rollo de esparadrapo ancho y cuerda.

—Date prisa —dijo y comenzó a cortar esparadrapo—. Ve a por el otro.

Le arranqué el fajo de billetes que tenía aferrado a la mano derecha, separé un billete de cinco mil y se lo metí en uno de los bolsillos de la bata. Estaban sudados.

El amigo del tipo del batín era grande como un ballenato, gordo y barbudo. Dormía con pijama de color blanco con sus iniciales bordadas en la pechera. Creyó que éramos ladrones y no le dije ni que sí ni que no. Lo conduje hasta donde estaba Ricardo y allí se dejó atar y amordazar sin rechistar.

Los llevamos hasta la cama del dormitorio y los tumbamos juntos. Ricardo era verdaderamente un experto. Tendió las cuerdas a los barrotes de la cama y los inmovilizó.

Entonces saqué mi Gabilondo de la funda que llevaba en la cintura y le apunté a los ojos al del batín. Los abrió tanto que pensé que se le saltaban de las órbitas.

Ricardo terminó colocándoles a cada uno una venda en los ojos, fijadas con esparadrapo.

—Escuchadme ahora —dije—, si sois buenos y no intentáis soltaros, no os pasará nada. Si por el contrario queréis ser unos malos chicos y os movéis, os achicharraré a los dos. Moved vuestras cabecitas si lo habéis entendido.

Los dos movieron la cabeza furiosamente.

—Entonces, sed buenos. Volveremos dentro de una hora.

En la puerta del apartamento, Ricardo se volvió hacia los dos cuerpos tumbados en la cama y sonrió de oreja a oreja.

—¿Te has fijado, Toni? Ni un cirujano lo hubiera hecho mejor.

34

Ricardo estaba arrodillado frente a la cerradura de la puerta. Sus ágiles y huesudos dedos intentaban girar la llave bajo el haz de luz de la pequeña linterna en forma de lápiz que yo sostenía detrás. Parecíamos sacerdotes de algún extraño rito.

La llave se atrancó.

Soltó una apagada exclamación, la sacó y cogió otra de las cuatro que tenía a su lado. Eran finas, alargadas y terminadas en una especie de pala.

La acercó a su cara y la hizo dar vueltas, observándola con detenimiento.

Después palpó la cerradura con suavidad, delicadamente, como si temiera despertar a una diosa dormida y metió la nueva llave en la abertura. Murmuró algo ininteligible, le aplicó sus dedos y comenzó a hacerla girar a izquierda y derecha hasta que la llave se encajó dentro. Después le dio una vuelta a la derecha y se escuchó un seco chasquido. Continuó el giro hasta completarlo y la puerta se abrió en silencio.

Se puso en pie. El sudor le bañaba la cara que parecía ahora más tersa y juvenil, como si se le hubiese estirado la piel súbitamente.

Recogí las llaves del suelo y sin decir palabra se las entregué. Las guardó en los compartimentos interiores del gabán.

Continuaba mirando la puerta. Le susurré:

—Buen trabajo.

—Una Dorada Passear de dos tiempos —murmuró—. Una cerradura magnífica. No había visto una así en toda mi vida.

—La cámara —dije, acercándome a su oído—, tenemos que seguir.

La sacó de un bolsillo. Era una Chinon autofocus con flash incorporado, automática. Abultaba poco más que un paquete de cigarrillos corrientes.

Yo tenía mi Gabilondo en la mano derecha y la linterna en la izquierda. Empujé la puerta y entramos.

La oscuridad era total. Poco a poco nuestros ojos se fueron acostumbrando a las tinieblas y empezamos a distinguir las recortadas siluetas de muebles.

El apartamento parecía grande. Al fondo, un balcón dejaba pasar un débil resplandor de la calle, marcando los límites de los objetos. Encendí la linterna y la cubrí con la mano.

Atravesamos el cuarto en dirección a una puerta corredera de cristales, abierta. La difusa luz de la linterna bailó sobre una mesa de comedor sucia de comida a medio terminar, copas y botellas vacías. Otra puerta, también abierta, comunicaba el comedor con otra habitación.

Un ronquido surgió de la habitación próxima, se elevó y terminó por quebrarse en un gorgoteo de agua sucia. Apagué la linterna y me quedé inmóvil, pero no sucedió nada más. El ronquido continuaba con un sordo rumor.

Tomé a Ricardo del brazo y lo tironeé en dirección a la puerta.

Arrastrando los pies paso a paso, me fui acercando

hasta donde había surgido el ronquido. Toqué una pared. ¿La puerta estaba a mi derecha o a mi izquierda? De lo que no cabía duda es de que estaba cerca del dormitorio. Olfateaba un acre olor a sudor y a cerrado, un vago aroma a establo.

Escudriñé la oscuridad intentando divisar a Ricardo o escuchar algún ruido. Me separé unos centímetros de la pared y moví los brazos. A Dartañán parecía que se lo había tragado la tierra.

Una luz cegadora explotó detrás de mí. Ricardo había encendido la luz y desde la puerta del dormitorio accionaba la máquina de fotos.

—No te pierdas esto, Toni —me susurró—. ¡Vaya pájaro!

El dormitorio tenía dos ventanales tapados con cortinas de terciopelo rojo, un armario blanco y rojo de pared a pared, un tocador con un espejo oval y al lado un aparato de televisión con vídeo incorporado. El techo estaba ocupado por un espejo que reflejaba una cama redonda de grandes proporciones.

En la cama había dos hombres y una mujer. Desnudos. Y uno de ellos era Nelson. A ninguno le afectó que se encendiera la luz.

Uno de los hombres era delgado, fibroso, con el cuerpo moreno y estaba boca abajo a los pies de la cama. El brazo izquierdo le colgaba desmadejado y con el derecho se tapaba la cabeza. Distinguí en el antebrazo una inscripción tatuada: «*Portugal não é pequeno.*»

Nelson dormía boca arriba, espatarrado, más gordo y fofo de lo que daba a entender la fotografía que me había dado Draper. Sus pechos eran tan grandes como los de una mujer. Los pliegues de la barriga le caían sobre un pene erecto que sobresalía al menos veinticinco centímetros.

El pene estaba cruzado por gruesas venas, nudosas

como raíces y fijado a los muslos por tiras de cuero. Era una prótesis de caucho que debía imitar el miembro del abominable hombre de las nieves.

Nelson parecía muerto con la cabeza ladeada y la boca abierta. A cada estertor le salía una masa blancuzca que le cubría buena parte de su pecho.

La mujer tenía el cabello rubio teñido sobre la cara y era quien roncaba. Estaba con las piernas extendidas y el sexo afeitado. De joven, muchos años atrás, podría haber presumido de buen tipo. Ahora tenía la carne ajada, el pellejo fláccido y el pecho con operaciones de silicona. No parecía lógico que aquellos pechos fueran tan grandes y tan derechos.

Mientras Ricardo disparaba su máquina, atisbé el cuarto. Por el suelo aparecían, apelotonadas, ropas mezcladas de hombre y de mujer y varias botellas vacías de champán caro. En una de las mesillas de noche refulgía una bandeja de plata pulida y dos canaletas finas, también de plata. Los restos de polvillo blanco adheridos a la bandeja parecían cagaditas de ratones albinos.

—Éstos no se van a despertar, tienen para rato. Están hasta el palo de la bandera de coca, además de otras cosas.

—Apártale el pelo de la cara a la tía, Toni, y termino. Esto ha sido de puta madre de fácil.

Me guardé el Gabilondo en la correa del pantalón y me puse de rodillas en la cama. Las sábanas parecían un bebedero de patos. Lo menos que habían hecho sobre ellas había sido vomitar. Había restos de comida regurgitados por todos los sitios.

Cuando le aparté el pelo de la cara, algo parecido a un timbre sonó en mi cabeza. Era una mujer de rostro mucho más bello que su cuerpo. Tenía los pómulos altos, la piel estirada por hábiles bisturíes y la boca fina y bien dibujada. La había visto antes. ¿Dónde?

—Apártate —dijo Ricardo—. La última foto.

Levanté la cabeza. El tipo moreno y fibroso, tumbado al borde de la cama, había impelido un rápido movimiento a su cuerpo y se había tirado al suelo.

Salté de la cama y saqué el Gabilondo.

—¡No te muevas! —grité.

Estaba trasteando entre la ropa y se inmovilizó. Avancé hacia él. Entonces lo reconocí. Tenía la cara hinchada y los párpados violáceos.

—Un movimiento y te mato, Sousa. Te lo juro.

Ricardo había sacado el carrete de la cámara y se lo guardaba en el gabán.

—¿Qué ocurre? ¿Quién coño es este tío? —preguntó—. Vámonos ya.

—Un momentito, resulta que es un viejo conocido, ¿verdad Sousa? —Moví la pistola arriba y abajo—. Y levanta las manos, que te las vea bien.

—No voy a hacer nada —contestó el Portugués con voz pastosa—. Tranquilo.

Elevó los brazos como las serpientes cuando escuchan la flauta del encantador.

—¿Te están pagando los servicios prestados, Sousa?

—No tengo nada que ver con ellos —dijo con voz tranquila, mientras sus ojillos astutos no dejaban de observar el ojo del revólver—. Soy un invitado. Los conozco hace muy poco.

—Vas a explicarme muchas cosas, Sousa. Paulino no pudo decirme nada. Cuando estuve con él, apenas si podía hablar. Llevaba un día entero arrastrándose por vuestro nidito de amor, reventado a golpes. Has jugado con dos barajas.

—Te lo explicaré todo. —Sonrió—. No dispares, ¿eh?, por favor.

—Vámonos. —Ricardo estaba ya en la puerta y me

hizo un gesto—. Tenemos que irnos, Toni. Esta gente se puede despertar.

No terminó la frase. Escuché a mi espalda cómo se movían en la cama y a continuación un aullido animal. Me volví.

La mujer abrazaba a Nelson mientras intentaba cubrirse con la sábana. El gordito miraba la escena con los ojos desorbitados, sin darse aún cabal cuenta de lo que ocurría.

—¡Toni, cuidado! —gritó Ricardo.

Vi la mano de Sousa empuñando un arma. La había sacado del revoltijo de ropa y la levantaba hacia mí. Fue un reflejo tan automático como parpadear. Apreté el gatillo dos veces y Sousa salió despedido hacia atrás con los brazos abiertos. El ruido de los disparos atronó en el cuarto.

Después se hizo un súbito silencio, como si estuviésemos en el fondo del mar.

El Loco Sousa empuñaba aún la Walter PPK que yo le había visto en casa de Vanesa, pero ya no la utilizaría más. Un tiro le había entrado por encima del labio y le había hecho una boca mucho más grande. Parecía reírse.

El otro disparo le había alcanzado la clavícula izquierda, se la había roto, alcanzándole también el pulmón.

Empecé a sentir el dulzón olor a sangre humana.

35

—¿Hay vecinos en la planta? —le pregunté a la mujer.

Negó con la cabeza.

—¿Y abajo?

—No lo sé, creo... creo que son oficinas.

—¿A qué esperamos? Vámonos de una vez. —Ricardo me tiró de la manga de la chaqueta.

—¿No nos hemos visto antes usted y yo?

La mujer se mordió el labio inferior y volvió a negar con la cabeza.

Di unos pasos por el cuarto con el Gabilondo en la mano, teniendo cuidado de no pisar la sangre de Sousa que empapaba la moqueta. Llegué hasta la cómoda y me puse a toquetear los frascos de colonia y desodorante y los tarros de cremas de todas las clases. Varias fotos enmarcadas se alineaban entre ellos.

—¿Vive aquí? —volví a preguntarle a la mujer, sin volverme.

Tardó en responder. Cogí una de las fotos. Era un grupo familiar, sentado en el campo, celebrando alguna fiesta. Todos parecían muy felices y sonreían a la cámara.

—Sí —contestó con un hilo de voz—. Vivo aquí.

Cogí el retrato y lo miré con detalle. Reconocí a Nelson, a la mujer que estaba con él en la cama y a otras dos mujeres. Todas las mujeres de la fotografía se parecían entre sí. También estaba Luis Robles.

Rompí el cristal del cuadro contra el borde de la cómoda. Saqué la fotografía y me la guardé en el bolsillo interior de la chaqueta.

Solté una carcajada y me miré en el espejo del tocador. La barba azulaba mi mentón. Tenía los ojos enrojecidos.

—Idiota —le dije a la imagen del espejo—. Eres un imbécil, Toni.

Ricardo carraspeó.

—Quédate si quieres, yo me doy el piro.

Me acerqué a la cama, mientras le hacía a Ricardo un gesto de espera con la mano. La mujer se abrazó a Nelson. Pero no era pidiendo protección. Era dándosela.

—¿Qué... qué va a hacer usted? Por favor —dijo ella. Yo me detuve al borde y la miré fijamente—. Dígale... dígale a ese señor Draper que mañana mismo iré a verle y solucionaremos lo de las deudas, no tiene usted que hacernos daño. —Apretó más aún a Nelson.

—Canalla —balbuceó Nelson—. Son ustedes unos canallas, asesinos. —Tenía los ojos cubiertos de lágrimas—. No tienen derecho a entrar aquí. Ustedes son...

—Mira, chico —le interrumpí—. Ya me sé vuestro rollo de memoria, si dices algo acerca del amor y de lo faltos que estamos todos, te quito los dientes. ¿Lo has entendido? Todo eso te lo guardas para la gente a la que vendéis los folletitos.

Cerró la boca con fuerza.

—No se olvide de que Delbó arreglará lo del muerto. Es muy eficiente. —Caminé hacia la puerta—. Y no trate de decirme que no conoce a Delbó.

No le serviría.

Cuando estaba en la puerta, la mujer dijo:

—Mañana iré a ver a ese Draper. Dígaselo usted.

Volvía a hablar como una mujer de negocios.

36

En el ascensor me quité la chaqueta y me la puse alrededor del brazo, cubriendo la mano donde empuñaba el Gabilondo.

El vigilante nos esperaba en el vestíbulo y parecía nervioso. A través de los cristales de la puerta, la madrugada tenía ese color azul oscuro que precede a la llegada del sol.

—Ese chico es una maravilla —le dije al vigilante—. Vamos a volver todas las semanas. —Me dirigí a Ricardo, que sonreía de oreja a oreja—. ¿Verdad?

—Ha sido fantástico —aseveró.

—Han tardado mucho —dijo el vigilante sin apenas despegar los labios—. He llamado por teléfono cuatro veces y no se ha puesto nadie.

—¿Cómo quería usted que nos pusiéramos al teléfono? —dijo Ricardo—. No podíamos. —Soltó una risa.

—A propósito —dije yo—. Nos ha dicho Ignacio que suba usted. Le está esperando.

—Termino el turno ahora —respondió el vigilante.

—Otro día vendremos más temprano —insistí yo.

—Es que eres insaciable —dijo Ricardo.

—Hasta las tres —dijo el vigilante—. Recuérdenlo ustedes. Si vienen más tarde no les dejaré pasar.

—Ya no volverá a ocurrir. Se lo juro. ¿Verdad?

—Estaremos aquí a las doce de la noche, o antes —contestó Ricardo.

Sonrió de oreja a oreja y le abrió la puerta del ascensor al vigilante. Éste titubeó un poco.

Entró y yo cerré la puerta, me coloqué el Gabilondo en la cintura y me puse la chaqueta. Salimos a la calle.

Pocos minutos después íbamos en taxi por la Castellana con los primeros madrugadores.

Ricardo se había relajado.

—Me has devuelto la juventud, Toni. Me he divertido como hacía tiempo que no lo hacía.

—Mañana tendremos el dinero. Estoy seguro de que esa tía pagará.

—¿Pagará? Pero ¿no es Nelson el que debe el dinero?

—En teoría sí, pero el dueño del negocio no es Nelson, sino esa mujer. Su madre.

—¡Jesús! —exclamó.

El taxista se volvió.

—¿Decía usted algo?

—Nada —contestó Ricardo—. Hablaba solo.

Una criadita con cofia y uniforme azul barría la puerta de Villa Cristina. No tendría arriba de veinte años y su rostro redondo y cubierto de pecas reflejaba timidez.

—Buenos días, voy a saludar a los señores —le dije empujando el portón entornado y sonriéndole.

La mañana parecía feliz.

—¡Oh, no se puede, señor! ¡No se puede! —exclamó, agarrando la escoba como una espada medieval—. ¡Es muy temprano!

Avancé por el jardín cubierto de césped. Los pajarillos alborotaban y el cielo era límpido en ese barrio. Ella corrió un trecho detrás de mí.

—¡Señor, señor, por favor, no se puede! ¡No se han levantado todavía!

Me volví y seguí sonriéndole.

—No se preocupe, tenemos mucha confianza.

—Pero...

Se quedó quieta, con la escoba contra el pecho. Una buena chica de servicio que se habría levantado al amanecer para que todo estuviera listo para los señores: el baño, el desayuno, la casa arreglada y el jardín barrido.

Subí los escalones de mármol y toqué el timbre. No

escuché ninguna campanilla, seguramente estaría conectado con la cocina. Los señores nunca abren las puertas.

La abrió un sujeto de mediana edad, vestido con una camisa negra, corbata del mismo color y el chaleco a listas que uno se figura siempre en los mayordomos. Tenía las mandíbulas cuadradas, las cejas muy juntas y pobladas, y parecía fornido.

—¿Qué desea? —preguntó y me escrutó de arriba abajo. Una mirada le bastó. Debía de tener experiencia—. Tiene que ir por la puerta de servicio, detrás de la casa.

—No vendo nada. Quiero ver a doña Cristina. Es muy urgente.

Cerró la puerta de golpe, pero puse el pie y, a la vez, la empujé con fuerza. Ahora ya no me molesté en sonreír. Noté el asombro en sus ojos cuando reculó hacia atrás y yo entré en la casa.

—¿Eh?, pero ¿qué hace usted, está loco? —Se colocó delante con los brazos abiertos y gritó con fuerza—: ¡Jaime, Jaime, ven!

Lo aparté de un manotazo y me lanzó la izquierda sin demasiada rapidez. La vi llegar. Le bloqueé el golpe con el antebrazo y le tiré un gancho corto a la barbilla que lo dejó tambaleante. Estaba a punto de lanzarle un directo a la boca del estómago cuando escuché un ruido de voces en una de las puertas del fondo.

Salieron dos mujeres uniformadas que se taparon la boca con la mano y comenzaron a gritar sin atreverse a avanzar. Detrás de mí, la criadita de la escoba también había entrado al vestíbulo y gritaba.

—¡No se mueva o lo mato! —exclamó alguien a mi espalda.

Solté al mayordomo que cayó al suelo y me volví alzando los brazos. Un hombre joven con pantalón vaquero y camisa blanca remangada me apuntaba desde la puerta con una repetidora de caza. Estaba muy nervioso.

—Tranquilo —le dije con las manos más arriba de mi cabeza—. No soy ningún ladrón, quiero ver a las señoras. Soy amigo.

Dudó unos instantes, pero no bajó la escopeta. El mayordomo había hincado las rodillas en las limpias losetas blancas del vestíbulo. La sangre le corría por la comisura de la boca. Debió de haberse mordido los labios.

—¡Mátale, Jaime, mátale, es un ladrón! —gritó.

—Yo que usted, no lo haría —le dije al tipo de la escopeta—. Se pondría perdido el suelo.

Más mujeres uniformadas habían salido y se apelotonaban junto a las otras. Había al menos cinco.

—¿Qué ocurre aquí? —La voz no era muy alta. Más bien era imperiosa. Ese tipo de voz acostumbrada a no tener que elevarse para que le presten atención. Alcé los ojos. La madre de Cristina estaba asomada a la barandilla del primer piso—. ¿Se puede saber qué ocurre?

Bajé los brazos y encendí un cigarrillo. El mayordomo se levantó y se limpió la sangre con el dorso de la mano.

—Un ladrón, señora. —Me señaló con el dedo—. Ha entrado aquí y... Vamos a llamar a la policía.

—Buenos días —saludé, echando el humo al techo.

—¿Qué hace usted aquí?

—He venido a enseñarle fotografías y a charlar un poquito.

Al lado de la mujer apareció una figura alta y delgada. A pesar de la distancia distinguí cómo centelleaban sus ojos grises. Era Delbó y ya estaba vestido como para pedir trabajo en un ministerio.

El tipo que me había estado apuntando apoyó la escopeta en el suelo y el grupo de mujeres del servicio se calló súbitamente. El mayordomo continuaba con la cabeza baja, masajeándose la barbilla, preguntándose quizás el grado de relación que podría existir entre los señores de la casa y yo.

—¿No cree que es demasiado temprano, señor... señor? —titubeó Hortensia.

—Carpintero —apuntó Delbó con su voz helada.

—Como sé que colecciona fotografías, le he traído otras. Quizá no las tenga repetidas.

Delbó bajó las escaleras a paso rápido. Los secos taconazos de sus zapatos resonaron en el vestíbulo como si se tratara de una compañía de soldados. Se detuvo al final de las escaleras un momento y luego dio unos pasos en mi dirección.

Me desabroché la chaqueta y puse mi mano cerca del Gabilondo.

—¿Querrá usted explicarnos lo que quiere, antes de que llamemos a la policía?

Hortensia llegó hasta el vestíbulo despacio, majestuosamente, apoyándose en el pasamanos. Vestía una bata de color verde que le llegaba hasta los pies. Su rostro parecía descansado, pero había un fino rictus de desagrado en su boca.

—¿Ha dicho ya lo que quiere este hombre, señor Delbó?

—Aún no —contestó Delbó, como si nadie hubiese oído nada.

—Fotografías —repetí—. Quiero que las vean.

—¿Dónde estabas, Jaime? —le preguntó Delbó al tipo de la escopeta.

—Verá, señor Delbó, arreglaba el coche en el garaje y...

—Inútil —silabeó—. No sirves para nada.

—¿Me ha entendido, Hortensia? —seguí preguntando—. Tengo fotografías.

Titubeó unos segundos y luego habló:

—Iremos al saloncito, Lucas. —Miró al mayordomo—. Dentro de muy poco se marchará el señor Carpintero. El señor Delbó desayunará con nosotros.

—Sí, señora. —El mayordomo dio media vuelta y se encaró con las mujeres que ahora contemplaban la escena como si fuera una obra de teatro—. Vamos. —Dio una palmada—. A trabajar, vamos.

—Señor Delbó... —dijo el de la escopeta.

—Retírate, estúpido —le contestó Delbó—. Sigue limpiando el coche.

Hortensia echó a andar hacia una puerta que se encontraba a mi derecha. Delbó se adelantó y la abrió. Dejó que pasara ella primero.

—Yo seré el último —le dije.

Entré despacio y cerré la puerta. Ella se había sentado en una de las sillas de madera clara que estaban alineadas alrededor de una mesa oval. La habitación estaba decorada en tonos suaves, con cuadros alegres en las paredes. A ambos lados del ventanal que llegaba casi al suelo descansaban dos sillones de orejeras y en el medio una mesita baja con revistas. El jardín parecía más luminoso visto desde ese ventanal. Delbó permaneció de pie.

—Siéntese, Delbó.

—Estoy mejor así —contestó.

—Prefiero verlo sentado y con las manos sobre la mesa. Es un capricho.

—Como quiera. —Dio la vuelta a la mesa y se sentó en la silla contigua a la de Hortensia—. Termine de una vez. ¿Qué es lo que quiere vender?

—¿Dónde está Cristina?

—Mi hija está descansando... y no tengo por qué darle ningún tipo de explicación. Le ruego que se dé prisa en decir lo que tenga que decirnos. Me molesta usted, es vulgar y maleducado.

—Puede que sí —le contesté, arrojándole a su lado el mazo de fotos de Paulino—. Pero, en cambio, no me dedico a estafar a la gente, como hacen ustedes, dándoles mierda en lugar de carne en lata.

Las fotos se desparramaron por la mesa y la mujer no hizo ningún gesto para cogerlas. Delbó las miró como si fueran cartas de una partida que él estuviera ganando.

—Animales de desecho que no ve ningún veterinario. De eso están hechos los productos Fuentes —dije—. Usted no le quitó todas las fotos a Paulino, Delbó.

—Es usted mucho más imbécil de lo que creía, Carpintero. Nos ha subestimado demasiado. Hemos cambiado la fisonomía de nuestros mataderos. —Golpeó el mazo de fotos con el dedo—. Esto no vale nada. Ha hecho un viaje inútil hasta aquí.

—No me haga creer que esas fotos no tienen importancia, porque la tienen. Esas fotos demuestran muchas cosas y si su valor ante un tribunal es relativo, no lo es en la prensa, ¿verdad? Estas fotos le han costado la vida a dos personas. Usted mató a mi amigo Paulino. No era gran cosa, pero era mi amigo. Lo mató a golpes y le quitó las fotografías. Es posible que Paulino no fuera una monjita de la caridad, pero no me gustó que le dejara morir reventado a golpes. Ahora estoy seguro de que Paulino y el Loco Sousa habían estado chantajeando a Luis con las fotos. Ellos eran los encargados de traer el ganado de desecho desde Portugal. Tenían una agencia de transportes. ¿Voy descaminado, Delbó?

La mujer dijo con voz hueca:

—¿Algo más?

—Sí, mi amigo Luis, su yerno. Alguno de ustedes lo mató, no se suicidó. De eso estoy seguro.

—Salga de aquí. —La voz de Delbó sonó como si la hubiera fabricado en la barriga y la vomitara—. Salga de aquí ahora mismo.

Puse la mano en la culata del Gabilondo y proseguí:

—Va a escucharme quiera o no quiera. Quizá Luis supo desde siempre cómo estaban hechos los acreditados productos Fuentes, pero no le importó por eso desayunar todas las mañanas zumo de naranja y escuchar a los pajarillos del jardín. Pero el caso es que, por las razones que fueran, no aguantó más, tuvo remordimientos de conciencia, se dedicó a beber; y entonces descubrió que, precisamente, el que le chantajeaba, el transportista del ganado, no era otro que un antiguo amigo de la mili: Paulino, que terminó por convertirse en confidente y compañero de farras. Probablemente fue ahí donde firmó su sentencia de muerte. Ustedes no podían permitir que el consejero delegado de ARESA, don Luis Robles, aceptara de buen grado ser chantajeado por un par de tipos o, mejor dicho, que no le importara. Y me gustaría pensar que era porque Luis quería dejar todo esto y volver a ser lo que era antes, pero esto no lo sabré nunca. Lo que sí sé es que les estorbaba, era un peligro; y lo mataron de la misma forma con que ustedes sacrifican a ese ganado viejo y enfermo. Aquella noche lo encontraron borracho perdido, de manera que no fue difícil dispararle un tiro en la boca con su propio revólver y uno de sus guantes en la mano. De esa forma los restos de cordita quedarían en el guante y cambiando el guante a la mano del cadáver, fingieron un suicidio.

—Preciosa historia, Carpintero —manifestó Delbó—. Muy bonita. —Comenzó a romper las fotografías lentamente, haciendo un cuidadoso montón con los trozos—. Estas fotos no prueban nada absolutamente y la historia que ha contado no tiene ni pies ni cabeza. Me da usted lástima. Es usted el chantajista más imbécil que he visto nunca.

Saqué la foto que me había llevado de la casa de Nelson y se la di a la mujer. Palideció intensamente al verla.

La cara comenzó a desmoronársele por dentro, como si los huesos se deshicieran en pulpa.

—Ésta no la rompa, Delbó. Es un recuerdo de familia.

—¿Dónde la ha...? —balbuceó Hortensia.

—En casa de su hermana Adela, y tengo otras más bonitas con su sobrino, el bueno de Nelson, descansando en la cama con su mamá y otro amiguete, Sousa, el Portugués. No se puede negar que ustedes dos son hermanas, ¿verdad, Hortensia? No hay más que mirar la foto y ver cómo se parecen. Además estoy seguro de que son socias en el tinglado del amor a los descarriados y en ARESA, la de los famosos productos Fuentes. Con mirar en el Registro Mercantil, bastaría.

—Escuche... escuche, señor... señor Carpintero..., un millón, le doy un millón de pesetas.

—¡Calla! —gritó Delbó y, rápidamente, sonrió. Le dio unos golpecitos a la mujer en la mano—. Yo trataré con él, señora Fuentes.

—No hay nada que tratar, no soy un chantajista. Dígale a su hija, si la ve, que ya sé por qué, cómo y quién mató a su marido.

Me dispuse a abrir la puerta. Los dos se levantaron de su asiento casi al unísono.

—Un momento, señor Carpintero, yo...

Me volví.

—¿Sí?

—Quería decirle que...

—¡Hortensia! —Delbó le apretó el brazo con fuerza. Ella se deshizo del apretón con un gesto brusco y se encaró a él con los labios apretados.

—¡Ni tú ni nadie me dice cómo tengo que llevar mis asuntos! ¿Te has enterado, Delbó, o te tengo que repetir que sólo eres uno de mis empleados?

Le sonreí a Delbó y él apretó las mandíbulas. Hortensia se suavizó al instante.

—Por favor, señor Carpintero. Hablemos de negocios. ¿Cuánto quiere por cerrar la boca y destruir esas fotografías de mi hermana con su hijo? Si le parece poco un millón le puedo dar más. Diga la cantidad definitiva.

—Hortensia... no digas... —Delbó intentó mover sus labios en una sonrisa despreocupada, pero no le salió—. Deja que yo maneje a este hombre.

—¿Te lo has creído, verdad, Delbó? ¿Te habías creído alguien, no? Pues te diré algo. No eres nada. Estás despedido, ¿me has entendido?

—Vamos, Hortensia, cálmate.

—No vuelva a tutearme, estúpido.

Delbó se sentó pesadamente con la vista puesta en algún lugar lejano, muy lejano. Su rostro se había convertido en una máscara de masilla de fontanero.

Ella volvió a hablarme. Seguía en pie, como una reina de baraja.

—Señor Carpintero, a nadie le importa lo que ocurre en una familia. Mi hermana Adela es... un poco especial.

—Su hermana Adela, señora —la interrumpió Delbó—, me ha llamado esta mañana temprano, antes de que usted, señora, se levantase y me ha pedido a mí, a Delbó, que le solucione un pequeño problema de limpieza en su piso. —Soltó una risa cascada que acabó enseguida—. Un pequeño problema que ya está solucionado. Dos de nuestros hombres ya lo han limpiado todo. Sólo servimos para barrer, para barrer la mierda... Y ahora, me paga de esta manera. —Levantó la vista hacia mí—. Ella lo mató, Carpintero. Fue ella. Es una asesina. Se puso el guante y le disparó.

Abrió la boca como para reírse y luego la cerró. Miró a la mujer, desafiante.

Ella plegó los brazos sobre el pecho. No movió un solo músculo de la cara cuando le habló a Delbó. Su voz ronca carecía de matices.

—Basura, nunca comprenderéis nada —articuló—. Sois inferiores..., ratas. —Dobló los labios en una mueca—. No te diferencias mucho de quien en mala hora fue mi yerno. Al principio creí que podría cambiar, convertirse en un ser superior. Pero no. Es imposible, no se puede, quien nace rata vive arrastrándose y en la basura. Sí, yo lo maté. —Me miró a los ojos—. De la misma forma que se aplasta a una cucaracha. ¿Tiene algo que decir, señor Carpintero?

—Nada que a usted le interese.

—Voy a hablar con claridad. Si se le ocurre chantajearnos con esas fotos que dice tener de mi hermana Adela, lo aplastaré a usted también, señor Carpintero. No le quepa duda. Es más interesante que pacte conmigo. Le daré dos millones de pesetas por los negativos. Es mi última oferta.

Delbó seguía contemplando el vacío.

—Bien, Carpintero. ¿Qué dice? ¿Le parecen bien dos millones? Creo que no hace falta que le diga que es completamente ridículo que intente decirme que va a denunciarme al juzgado. Luis se suicidó. ¿Comprende?

—Sí, se suicidó cuando se casó con su hija, señora. Cuando aceptó entrar en esta familia y cuando empezó a hacer la vista gorda.

—No puedo estar toda la mañana con usted. Tengo mucho que hacer.

Rompí la foto en dos pedazos y los dejé sobre la mesa.

—¡Carpintero, por qué...! —Delbó adelantó los brazos—. ¡No sea idiota, puede sacarle más! ¡Tiene mucho dinero, mucho! ¡Pídale diez, veinte millones! ¡Hágame caso!

—¿Diez millones y un lote de productos Fuentes, regalo de la casa? No, muchas gracias.

—¿Entonces qué quiere usted? —preguntó ella.

—¿Sabe lo que quiero? Que retire el anuncio de sus latas de carne de la Puerta del Sol. No me deja dormir.

Abrí la puerta y salí al vestíbulo. Escuché a Delbó suplicándole a Hortensia. La mujer se reía. El vestíbulo estaba desierto y no había ningún mayordomo para hacerme reverencias mientras salía de la casa.

El jardín estaba igual, pero los pajarillos habían dejado de cantar.

38

Días después los rayos verdes cesaron en mis balcones. Me asomé y el anuncio de las latas de carne estaba apagado. Una semana más tarde lo retiraron y colocaron otro de coñac Veterano. No despedía destellos, ni molestaba a la vista y si no querías verlo, bastaba con no mirarlo.

Durante aquellos días estuve muy ocupado cambiándole la tapicería al sillón y al sofá y colocando cortinas naranjas en los balcones. Draper me dio el dinero del asunto Nelson con una mezcla de desprecio y alegría que no pudo disimular.

Doña Adela Cruces Fuentes era socia propietaria de ARESA, junto a su hermana Hortensia, y, por lo tanto, persona de la máxima solvencia económica. Inmediatamente entró en tratos con Draper para devolver el dinero que debía. Draper me dijo que era, en el fondo, «una gran señora. Y muy guapa». Eso me lo dijo en voz baja.

Una noche pasé por casualidad frente al New Rapsodias y no vi el cartel que anunciaba a Lola. En su lugar había un dúo de rubias teñidas que atendían al nombre artístico de «Hermanas Palacios. Risas, sexo y canción española».

El Chancaichepa continuaba en la puerta. Hicimos las paces dándonos un apretón de manos. Me regaló dos Farias coruñeses, que es mi marca preferida cuando no puedo comprar los Montecristos del cuatro, y me explicó algunas cosas.

—Me amenazaron, señor Toni. Me dijeron que me iban a rajar de arriba abajo y no tuve más remedio que decirles dónde vivía el Pardal... Fue ese amigo suyo, don Paulino Pardal. No tuve más remedio.

No le creí. Probablemente, el Chancaichepa fue directamente a ver a Delbó. Estoy casi seguro de que Delbó, o Sorli, habían lanzado la voz en el barrio de que pagarían por la dirección de Paulino.

—Sin rencores, Chancai —le dije.

—Claro, señor Toni, ya no me da miedo ese Delbó. ¿Sabe que le busca la policía?

—No lo sabía.

—Me lo ha contado un compañero suyo de la comisaría. Y me ha dicho que si lo veo, se lo diga. Parece que tenía un busca y captura en un juzgado de Alicante.

Me despedí del Chancaichepa y regresé andando a mi casa.

A la tarde siguiente, sonó el teléfono cuando había terminado de vestirme con un traje recién comprado en las rebajas por veinte mil pesetas. Un traje de *tweed* que parecía inglés de entretiempo.

Era Cristina. Su voz resonó en el auricular como si estuviera en aquella habitación conmigo.

—¡Oh, Toni, lo has visto! ¡Es guapísimo, verdad! ¡Estoy contentísima! Siento mucho no poder ir a cenar.

—¿Quién? —pregunté—. ¿De qué cena hablas?

—¿Cómo que quién? ¿Es que no ha llegado todavía?

—Aquí no ha llegado nadie, que yo sepa.

—Mi hijo, tonto. Al fin lo hemos localizado y ha vuelto, qué contenta estoy. Estaba en San Diego, en unos cursos. ¡Oh, ya verás cuando lo veas! Ha vuelto más hombre, más serio, más formal... Quiero que lo conozcas, que hables con él... Él quiere verte, tiene muchas ganas de conocerte...

—Muy bien, pero tengo prisa. Voy a una cita.

—Aguarda un momento, Toni. Yo también tengo muchas ganas de verte, ¿sabes? Sé que no me he portado del todo bien contigo, pero la muerte de Luis ha sido un follón, ya lo comprenderás.

—¿No te ha dicho nada tu madre? —la interrumpí.

—¿Mi madre? ¿Qué tenía que decirme? Se ha marchado a Miami a descansar, tenemos allí parientes... Ha roto con Delbó. —Soltó una prolongada risa—. Si quieres que te diga la verdad, nunca vi con buenos ojos esa amistad de mi madre con Delbó. No es que fuera mala persona, en fin, es que era... ya sabes, en el fondo, pues un empleado nuestro. Llegó a pensar que el negocio era suyo.

—¿Entonces no te ha dicho nada tu madre?

—No, nada de particular, pero escúchame, Toni, quiero verte de forma continuada. —Soltó otra risa—. Puedo ir a tu casa un día a la semana, me gustaría que pudiera ser más tiempo, pero estoy muy ocupada. ¿Qué te parece los miércoles? Todos los miércoles cenaríamos juntos, ¿eh? ¿Qué tal? ¿Te gusta la idea?

Colgué despacio y salí de la casa. El teléfono volvió a sonar, mientras bajaba los escalones sucios, malolientes y de madera vieja.

Al llegar al portal me dio un vuelco el corazón.

Luis Robles miraba con atención los buzones de la correspondencia. Vestía un impecable traje beige haciendo juego con unos zapatos de ante. A su lado, una muchacha miraba hacia la calle con expresión distraída. Llevaba un traje de chaqueta blanco y zapatos negros de tacón alto. Su cara me era vagamente conocida.

—Luis —lo llamé.

Se volvió y me enseñó unos dientes blancos y parejos.

Era Luis a los veinte años. Mejor vestido y quizás un poco más gordo, pero el mismo Luis. No pude bajar los últimos escalones.

—Usted es Antonio Carpintero, ¿verdad? —no preguntaba, afirmaba.

Le dije que sí.

—Alberto Robles —se presentó—. Y ésta es María —titubeó unos segundos—... mi amiga.

La muchacha lo agarró del brazo como dando a entender que lo de menos eran las definiciones y me sonrió.

—Encantada —dijo.

—¿No nos hemos visto antes? —me dirigí a la chica.

—No lo creo.

Descendí los últimos escalones.

—¿En la plaza del Dos de Mayo?

Negó suavemente con la cabeza. A la chica que yo recordaba le faltaban dos dientes.

—¿No vendía usted los folletos de La Luz del Mundo?

—¡Oh, sí, los folletos! —Sonrió aún más—. Los he estado repartiendo, sí, pero no lo recuerdo, señor Carpintero.

—Yo a usted sí.

—Nos conocimos en la Casa hace unos días —dijo el muchacho, y la miró lanzándole códigos secretos. Ella lo apretó aún más—. Es una labor verdaderamente encomiable la que hacen en la Casa. ¿No cree usted, señor Carpintero?

—Estoy convencido.

—Falta mucho amor en el mundo, señor Carpintero.

—No me llame señor Carpintero. Llámeme Toni. Con eso basta. Te pareces demasiado a tu padre.

—¿Verdad? Todo el mundo lo dice. —Volvió a mostrarme los dientes—. Tenía muchas ganas de conocerle, Toni, mi padre me hablaba mucho de usted en sus cartas.

Quería haber venido antes, pero no he podido. Sólo llevo una semana en España.

—Alberto siempre está diciendo que tenemos que venir a verlo —reafirmó la chica.

—Es usted igual que Luis —dije yo—. Igual.

Bajó la cabeza y se contempló los zapatos.

—He comprendido que tengo que seguir sus pasos. —Alzó la mirada y apretó las mandíbulas con decisión—. Quizá lo haya comprendido tarde, pero a tiempo.

—Desde esta mañana es el nuevo consejero delegado de ARESA. —La chica le lanzó una mirada húmeda y admirativa—. Ha sido nombrado por unanimidad por el Consejo de Administración.

—Intentaré estar a la altura de mi padre. Con eso me conformaré, María.

—No lo conocí, pero debió de ser fantástico, ¿verdad, señor Carpintero? —preguntó la chica.

Asentí con la cabeza y el muchacho tosió débilmente.

—Disculpe que hayamos venido sin avisar, pero nos gustaría invitarlo a cenar con nosotros, Toni. Mi madre tenía intención de venir, pero no ha podido. Me ha encargado que la disculpe en su nombre.

—Su madre sólo puede los miércoles.

—Trabaja demasiado —afirmó la muchacha.

—Bueno, señor... éste, Toni, ahí tenemos el coche y con mucho gusto...

—Lo siento, no puedo. Tengo una cita.

—¡Oh, qué lástima! —exclamó ella.

—Sí, verdaderamente es una lástima. Bueno, quizás otro día, ¿verdad?

—Quizás otro día.

Me tendió la mano y me la apretó con fuerza. La chica se inclinó ligeramente. Su mano me rozó apenas.

—Mucho gusto en conocerlo, Toni —me dijo.

—Adiós, Luis —dije yo, pero ellos ya estaban en la puerta, caminando de la mano.

Enfrente estaba el automóvil, un Mercedes gris. Sorli, el gordo, descendió y les abrió la puerta. Me saludaron agitando las manos. El coche arrancó.

Crucé la Puerta del Sol. Bajé por la calle Alcalá. Torcí en la Gran Vía.

El bar Iberia, en Virgen de los Peligros, era un lugar apacible y antiguo, con veladores de mármol y un largo mostrador de cinc. Mi traje nuevo se reflejó en el espejo, detrás del camarero.

—Gintonic —pedí.

Era un hombre de unos sesenta años con camisa blanca y pajarita. Yo estaba solo en el bar.

Me sirvió despacio. Bebí un sorbo. Allí no servían barril.

—¿Conoce a un hombre llamado Jesús Maíz? —pregunté.

—Sí —contestó secamente y me miró con expresión cansada. Profundas arrugas le cruzaban la cara de arriba abajo. Arrugas que parecían surcadas por muchas cosas—. Lo conozco bastante bien, para mi desgracia. ¿Es usted amigo suyo?

—Amigo no es la palabra.

—Comprendo. ¿A usted también le ha estafado? —Me apoyé en la otra pierna y volví a beber de mi vaso—. Me ha dejado a deber cuarenta mil pesetas en consumiciones —continuó—. Y para mí eso es mucho dinero. —Lanzó una mirada al local—. Y eso que era de mi pueblo, primo lejano de mi mujer.

—Cuarenta mil —dije yo.

—Sí, cuarenta mil.

Bebí otro sorbo. A través de la puerta, muchachones vestidos de negro y con el pelo cortado al cero, alborotaban.

—Don Jesús Maíz, el empresario.

—¿Empresario? No me haga reír. Eso es lo que nos ha hecho creer a todos. En su vida ha sido empresario. Es representante de chocolates en Castilla y León de una casa de Valladolid y ni siquiera de eso estoy seguro. —Limpió el mostrador innecesariamente—. ¿Le ha hecho a usted alguna trastada?

—Creo que sí.

Siguió limpiando la superficie bruñida del mostrador. Lo hacía a círculos cada vez más grandes. Un coche tocó el claxon furiosamente fuera, en la calle.

—¿Cuánto le debo?

—Ciento cincuenta.

Le dejé doscientas. Antes de llegar a la puerta, me volví:

—¿Y la chica...?

—¿Lola? —preguntó el camarero.

—Sí, Lola.

—Se fue. El engaño de Jesús Maíz la destrozó. Ha vuelto algunas veces sola, pero se marchó.

Me fui. Cerré la puerta con cuidado.

En la calle hacía frío. Un viento helado que se arrastraba por el suelo. Ya estábamos en otoño, una estación bonita en Madrid, pero desapacible.

Yo no tenía adónde ir, ni qué hacer. Sólo ese traje nuevo de *tweed* de imitación.

Eché a andar.

Madrid, agosto de 1986